LE PONT D'ASPAROUKH

Du même auteur :
« À la croisée des époques »
« Sans droit à la vie »
« Paris assiégé »
« Il était une fois en Bulgarie »

Azretali Saubanov

LE PONT D'ASPAROUKH

Récits et nouvelles

Éditeur « Pont de la Paix », 2024

© Éditeur « Pont de la Paix », 2024
Envois de manuscrits :
ASPP, 78, avenue des Champs-Elysées,
bureau 562 – 75008 Paris

LE PONT D'ASPAROUKH

PREMIÈRE PARTIE

Prologue

— Trouvez-la à tout prix. Cela ne doit pas disparaître. Vous comprenez à quel point c'est important.

Les yeux de la vieille princesse s'emplirent de larmes, et elle baissa la tête, épuisée, sur son oreiller. Elle continua à fixer son secrétaire à travers un voile humide, tentant de comprendre s'il était sincère et disposé à accomplir sa demande de retrouver, quelque part en Russie, sa seule héritière.

— Je ferai de mon mieux, Elena Alexeïevna, répondit le Français avec un accent marqué et un sourire de circonstance, articulant le nom de sa maîtresse russe aussi soigneusement que possible. Ne vous inquiétez pas, vous ne devez pas vous tourmenter ainsi.

— Merci, Didier, je compte beaucoup sur vous.

L'assistante de la princesse entra dans la pièce :

— Madame, il est temps de prendre vos médicaments. Et… M. Bourguignon a appelé. Il s'est enquis de votre santé et souhaitait vous parler, dès que vous le jugerez opportun, de votre testament… comme vous l'aviez demandé… — Cécile s'arrêta, hésitante à mentionner ce sujet, bien qu'elle comprenne l'inévitabilité de ces conversations lorsqu'une personne âgée est proche de la fin…
— Je vais vous laisser un moment, madame, si vous le permettez.

Le secrétaire fronça les sourcils en quittant la pièce, réfléchissant à l'idée de partir à la recherche des héritiers de la princesse Malycheva. « Qu'est-ce que j'y gagnerais ? se demandait-il. Que Bourguignon, le notaire, s'en charge. Il a de bien meilleures ressources… Admettons que je retrouve sa petite-nièce, elle touchera son héritage, mais moi, je perdrai quand même mon emploi. Elle ne parle probablement même pas français. Pourquoi aurait-elle besoin du vieux secrétaire de sa grand-tante ? Mais… »

Pourtant, toutes ces réflexions pouvaient attendre, car midi approchait, et Didier, en vrai Français, ne pouvait manquer le déjeuner ni le reporter pour quelque tâche que ce soit. Il se dirigea donc vers la brasserie la plus proche, rêvant d'un steak accompagné de quelques verres de vin rouge…

Chapitre 1. Tatiana

Tatiana avait environ trente-six ans. Elle n'était pas une beauté, dotée d'un physique ordinaire qui n'attirait pas facilement le regard des hommes. Cependant, sa silhouette conservait des lignes gracieuses, et ses traits renfermaient un charme russe unique. Ses grands yeux gris et son sourire sincère et ouvert inspiraient immédiatement la sympathie. Tatiana était plus grande que la moyenne ; elle avait tendance à légèrement se voûter, mais cela ne la défigurait pas, au contraire, cela évoquait une femme longtemps soumise à un mari despotique. Il était difficile d'imaginer que des femmes de la noblesse se trouvaient parmi ses ancêtres.

Sa vie s'était déroulée dans le giron d'une famille aux traditions patriarcales, ce qui lui avait permis de préserver une pureté féminine et humaine. Tatiana ne faisait plus attention à elle-même depuis longtemps et ignorait tout de son illustre ascendance. Elle avait perdu ses parents jeune et n'avait pas d'autres proches. En passant en revue ses souvenirs, elle ressentait une peur intense à l'idée d'être restée seule dans ce vaste monde à la mort de ses parents : sans amis, sans famille. « En quoi ai-je offensé Dieu ? Quelle est ma faute ? Pourquoi n'ai-je ni frère, ni sœur ? Pourquoi, comme toutes les filles, n'ai-je pas connu ce premier amour dont tout le monde parle et que l'on trouve dans les livres ? », se demandait-elle souvent. « Je n'étais pourtant pas solitaire, je participais aux activités scolaires, j'étais sociable et j'étudiais aussi bien que les autres. Après les cours, je faisais de l'athlétisme – je courais le cent et le deux cents mètres, participais à des compétitions, j'avais un premier rang en catégorie adulte, et le samedi, j'allais à la piscine. J'avais de bonnes relations avec toutes les filles et les garçons… »

Elle avait neuf ans à la mort de son père. Avec sa disparition, une partie de l'âme enfantine de Tanya sembla mourir aussi. Sa mère fit tout son possible pour que Tanya ne manque de rien, tentant de remplacer pour elle un père, des frères, des sœurs, des amis, pour que la petite fille ne se sente pas seule. Mais deux ans plus tard, un autre homme apparut dans leur foyer, que sa mère présenta comme son beau-père.

Dès lors, la mère de Tatiana devait constamment jongler entre sa fille et son nouveau mari. Malgré tous ses efforts, ni ses forces ni ses maigres économies ne suffisaient à couvrir les besoins du quotidien, même si elle se débattait comme une lionne pour faire des économies. Mais quand le système financier du pays s'effondra, toutes ses économies disparurent, réduites à des bouts de papier sans valeur. Le beau-père quitta la famille ; sans doute trouva-t-il un endroit plus confortable.

Après le lycée, Tatiana envisageait de poursuivre des études en finance et économie, mais sa mère tomba soudainement malade et mourut. « Avec la mort de maman, je suis devenue orpheline, seule au monde. Bien sûr, je n'étais plus en état de poursuivre mes études. C'est sans doute pour cela que je me suis mariée si jeune », pensait Tatiana. En effet, au moment de la perestroïka et du chaos économique qui s'ensuivit, la vie imposa à Tatiana de faire face au deuil, à la pauvreté et au besoin.

À seize ans, elle épousa un homme de quarante ans. Mikhaïl, son mari, la persuada de vendre l'appartement qu'elle avait hérité de sa mère. Avec cet argent, et sur l'insistance de Mikhaïl, ils quittèrent la Russie. Arrivés en Bulgarie, ils achetèrent une vieille maison dans un petit village à cinquante kilomètres de Varna. L'achat de la maison épuisa toutes leurs économies, mais ils se consolaient en pensant qu'ils avaient désormais un chez-soi, dans cette nouvelle vie, et que quoi qu'il advienne, ils seraient capables d'affronter les difficultés. Quelques années plus tard, le gouvernement bulgare accorda à cette famille russe un permis de résidence permanente.

Les années passèrent. Tatiana donna naissance à trois merveilleux enfants. Les responsabilités familiales absorbèrent entièrement cette jeune femme. Ainsi passèrent sans bruit sa jeunesse et ses belles années. Son présent était terne et difficile, son avenir incertain. De nombreuses épreuves pesaient sur ses frêles épaules, des épreuves qui auraient pu terrasser même un homme expérimenté et mûr. Quant à son mari, loin de soulager les peines et les difficultés, il ramenait sans cesse de nouveaux problèmes dans le foyer.

Il aimait bien manger, bien dormir, jouer aux cartes et perdait souvent l'argent du foyer, laissant les enfants sans pain. Si ce n'était pour la persévérance et le travail acharné de sa jeune épouse, cette famille de cinq personnes aurait souvent été exposée à la faim. À l'automne, Tatiana préparait et mettait en conserve les champignons et baies qu'elle ramassait en forêt, ce qui leur permettait de survivre l'hiver. Le soir, elle tricotait des pulls pour les enfants, cousait et reprenait les vêtements, économisant sur tout ce qui pouvait l'être.

Son mari, de près de vingt-cinq ans son aîné, faisait tout pour que Tatiana se montre le moins possible. Il ne voulait pas que sa jeune épouse attire l'attention, d'autant plus qu'elle était blonde et se distinguait parmi les femmes bulgares à la peau mate et aux cheveux foncés. Tatiana était dans la fleur de l'âge – et ni la modestie ni la pauvreté ne pouvaient dissimuler sa féminité.

Vous savez bien, cher lecteur, la nature nourrit généreusement la jeunesse de sève vivifiante. Mais malheureusement, la jeunesse, qui réjouit le monde par sa beauté, est éphémère. Elle cède la place à la maturité, la maturité à la vieillesse, et la vieillesse à l'au-delà. Ainsi tourne la roue du temps, remplaçant une génération par la suivante. Mais dans cette succession, la vie, la jeunesse, la beauté, et l'humanité se perpétuent. Comme l'a dit le philosophe : « Par la vie des uns, nous mourons, et par la mort des autres, nous vivons ». C'est là une vérité cruelle et implacable de l'existence.

Tatiana se mit à chercher du travail. Après de longues recherches, le destin la conduisit au bureau d'une petite entreprise de Varna. Elle se présenta comme une femme modeste, habillée de manière démodée, dans des vêtements simples, principalement cousus ou tricotés de ses propres mains. Elle était prête à tout pour nourrir sa famille.

Elle eut de la chance : les propriétaires de l'entreprise étaient des émigrés de l'URSS, des gens de culture, d'éducation et de vision soviétiques. Sans hésitation ni condition, la femme russe fut embauchée comme comptable. Ses employeurs furent con

quis par sa simplicité et son absence totale de coquetterie, si commune chez les jeunes femmes qui venaient chercher du travail dans leur bureau. Tatiana, au sein de cette entreprise, se comportait avec la même simplicité que chez elle.

En rentrant du travail, elle disait souvent à son mari et à ses enfants : « J'ai de la chance, je n'ai jamais rencontré de personnes aussi intéressantes et gentilles que les propriétaires de cette société ». Mais Mikhaïl n'aimait pas que sa femme s'intéresse aux étrangers, surtout aux hommes, et il s'efforçait de discréditer des personnes qu'il n'avait jamais rencontrées.
Au contact de nouvelles personnes, Tatiana plongea de tout son être dans un monde inconnu, celui des relations

humaines qui régnaient au sein de ce groupe et unissaient ses collègues. Les nouvelles circonstances éveillaient en elle des pensées et des sentiments qui semblaient attendre leur moment pour s'épanouir – comme des fleurs engourdies par une nuit froide, qui attendent un rayon de soleil pour se réchauffer.

Un jour, elle demanda à son collègue :
— Alexandre Ivanovitch, pourquoi remerciez-vous toujours votre épouse pour tout, et pourquoi vous excusez-vous chaque fois avant de lui poser une question ? Après tout, c'est votre femme !
Alexandre Ivanovitch regarda Tatiana avec bienveillance et lui répondit poliment :
— Et vous, Tatiana, puis-je savoir si cela vous déplaît ?
— Non, au contraire. C'est juste que mon mari ne me remercie jamais pour quoi que ce soit et ne s'excuse jamais.
— Il me semble que votre mari simplifie la vie. Une personne doit élever ses relations avec les autres et sa propre personnalité vers ce qui est grand et beau, au lieu de rabaisser ce qui est beau à son propre niveau. Vous, Tatiana, méritez les relations les plus sincères et les plus bienveillantes, répondit Alexandre Ivanovitch avec autant de tact que possible, en prenant soin de ne pas blesser les sentiments de son interlocutrice. — Et pour être sérieux, je pense que la courtoisie ne doit pas être considérée comme une faveur, mais comme un devoir, ajouta-t-il, comme pour s'excuser d'avoir pénétré dans le monde intime de cette jeune femme.

Tatiana resta silencieuse, perdue dans ses pensées, méditant sur quelque chose de personnel, de douloureux et d'inexprimé.

Elle avait travaillé un peu plus d'un an lorsque, en 2013, un orage économique et financier s'abattit soudainement sur toute la Bulgarie, comme un coup de tonnerre dans un ciel serein. La majorité de la population du pays perdit son emploi. L'entreprise où travaillait Tatiana parvint à survivre encore quelque temps, mais elle n'avait plus les moyens de payer les salaires, et les fondateurs prirent la décision de licencier tout le personnel et de suspendre temporairement les activités de la société.

Chapitre 2. La maison familiale

Ainsi, Tatiana et son époux se retrouvèrent tous deux sans emploi. La relative stabilité économique de la famille s'avéra de courte durée. Pour sortir de cette situation difficile, Mikhaïl mit la maison familiale en garantie auprès de la banque pour un petit prêt. Mais les espoirs d'un entrepreneuriat privé prospère ne se réalisèrent pas, et les fonds empruntés furent épuisés. Avec l'échec de l'entreprise, l'espoir de retrouver un mode de vie habituel s'effondra également. L'issue était prévisible : Mikhaïl n'avait ni une bonne éducation, ni une profession solide, ni des amis, ni un caractère fort – rien de ce qui aide à surmonter les difficultés dans les moments critiques. Il ne possédait aucune des qualités qui inspirent le respect.

La maison où étaient nés les trois enfants et où toute la vie familiale, heureuse à sa manière, s'était déroulée, passa aux mains de la banque, qui, tel un usurier avide, la mit en vente, prête à expulser ses cinq occupants. La famille, en grande détresse, s'adressa à diverses institutions, mais elle reçut des refus partout. À la détresse matérielle s'ajoutèrent le sentiment d'abandon et l'humiliation. Comme dit le proverbe russe, « Un malheur n'arrive jamais seul. » La famille russe, qui vivait en Bulgarie depuis quinze ans, se retrouva dans une impasse, sans travail et sans argent. Personne – ni les voisins, ni la société civile, ni même leurs compatriotes vivant en Bulgarie – ne leur apporta de soutien. Ne supportant plus les épreuves que chacun doit affronter un jour, Mikhaïl quitta sa famille et retourna en Russie, sous prétexte de chercher de l'argent.

Tatiana se retrouva seule en terre étrangère avec ses trois enfants. Elle parvint à supplier les employés de la banque de leur permettre de rester encore deux semaines dans leur ancienne maison. Les jours passaient vite, et la situation empirait chaque jour. Un malheur imminent planait sur la mère et ses enfants.

Chaque nuit, Tatiana pleurait en silence. Elle essuya des refus d'emploi partout, et Mikhaïl ne donnait aucune nouvelle de Russie, ni par courrier ni par téléphone. Des pensées terribles envahissaient son esprit, et plus elle s'efforçait de les chasser, plus elles revenaient avec insistance. On dit que le temps guérit, mais pour Tatiana et ses enfants, il ne faisait qu'aggraver la situation. Les dernières économies s'épuisaient. Les repas, de plus en plus frugaux, se raréfiaient chaque jour, et les enfants ressentaient eux aussi l'approche de la catastrophe. Tatiana écrivit au maire de Varna, implorant l'administration de prendre soin de ses enfants s'ils se retrouvaient seuls. Chaque ligne de cette lettre exprimait le cri de désespoir d'une mère russe. Pourtant, Tatiana ne se résolut pas à l'envoyer. Au fond d'elle, subsistait une ultime lueur d'espoir – celle du consulat de Russie. Comme toutes les personnes de cœur, elle croyait naïvement que le consulat de son pays, dirigé par des Russes comme elle, ne la laisserait pas dans la détresse et lui viendrait en aide.

« Je retournerais bien en Russie, pensait Tatiana, mais là-bas, je n'ai plus personne. Mes parents sont décédés, je n'ai ni frères ni sœurs, ni d'autres proches. » Elle passait mentalement en revue toutes les possibilités, espérant trouver une solution pour sauver sa famille, ses chers enfants. Mais une voix intérieure, tel un mauvais présage, lui murmurait : « Tu n'as personne, personne, tu es seule, seule dans ce vaste monde, seule… » — « Non, répondit Tatiana comme si elle se disputait avec elle-même, j'ai Mikhaïl. Il va nous aider, il nous aidera sûrement et nous sauvera. » Pourtant, au fond d'elle, elle pressentait que Mikhaïl les avait abandonnés, qu'il s'était enfui : « Ce n'est qu'un espoir vain. » Son mari n'avait jamais été pour elle un véritable soutien. Même maintenant, il était parti par lâcheté, pensant uniquement à lui-même.

Les luttes et les tourments intérieurs consumaient dernières forces de Tatiana. Chaque jour, il devenait de plus en plus difficile de résister aux épreuves de la vie. À sa grande surprise, elle reçut enfin une réponse positive à sa demande de rencontre avec le consul général de Russie à Varna. Cette nouvelle alluma une étincelle d'espoir en elle, un espoir de voir sa situation s'améliorer. Était-ce un signe de salut ou, au contraire, la dernière chance, une limite au-delà de laquelle il n'y a plus rien ? Elle l'ignorait. Et personne ne peut savoir ce que le destin réserve.

Chapitre 3. Le Consulat

Tatiana, au bord du désespoir, fut reçue par le consul lui-même — un homme satisfait de lui-même d'environ quarante-cinq ans. Bien qu'il occupât la plus haute fonction au Consulat Général de la Fédération de Russie, il ne ressemblait en rien à un Russe. Ses traits trahissaient son origine méridionale. Cheveux foncés, visage blanc et soigné, yeux bruns et malicieux, lèvres pleines — un visage typique et satisfait d'homme oriental, mais on pouvait seulement deviner ses origines ; dans tous les cas, il s'agissait d'un fonctionnaire d'État. L'âme russe est emplie d'amour et de compassion pour les malheureux, elle aspire à la recherche de la vérité et de la justice, à l'opposé de l'âme bureaucratique, qui tend la plupart du temps vers la carrière et l'enrichissement.

Le consul n'était qu'un carriériste ordinaire : sans cœur ni grande intelligence, mais doté de grandes ambitions, grâce auxquelles il avait atteint ce niveau.

En le voyant, Tatiana ressentit d'abord de la timidité. Devant elle se tenait un homme vêtu d'un costume sombre et coûteux à rayures, assorti d'une cravate bigarrée et voyante qui tranchait avec sa chemise blanche et empesée et ne collait en rien à l'ambiance de la journée. Ses cheveux sombres étaient lissés et enduits de gel, brillants comme ceux d'un dandy de bas étage. Il est connu que les méridionaux accordent une importance primordiale à l'apparence. Le consul brillait et exhalait des parfums, soit de plaisir quant à sa position, soit d'un excès de produits de toilette — tel un parterre de fleurs. Certes, les parterres de fleurs profitent davantage aux gens que bien des fonctionnaires des consulats russes.

Poussée par un espoir de secours, Tatiana rassembla tout son courage et, d'une traite, déversa sur le fonctionnaire toutes les souffrances accumulées au fil des longues années de survie en terre étrangère. Il lui semblait que le moindre mot de cet homme influent déterminerait son avenir et celui de ses enfants. Peut-être que le consulat comprendrait la situation difficile d'une famille russe, sans ressources en Bulgarie, et offrirait un travail à cette femme russe, ne serait-ce qu'en tant que femme de ménage, espérait Tatiana.

Mais dans ce monde dur, seules les souffrances sont véritables, tandis que les joies sont éphémères et illusoires. Où avez-vous vu des fonctionnaires faisant preuve de miséricorde et d'aide envers ceux qui souffrent ? Où trouver ce bon samaritain qui ne passerait pas son chemin devant une personne en détresse ? Certainement pas dans les murs des missions diplomatiques ! Soyez-en sûr, cher lecteur.

Le consul ne saisit pas immédiatement l'essence du problème qui, semble-t-il, flattait son oreille, car une femme russe implorait son aide à lui — le consul. L'humiliation et la souffrance de cette femme, contrastant avec son propre confort et sa richesse, lui procuraient un plaisir inexplicable. En parlant avec n'importe quelle femme, il était convaincu de laisser une impression indélébile sur son interlocutrice. Du haut de sa position, le consul ignorait que la pauvreté et les souffrances, qui accablaient la majorité des Russes, plongeaient les gens dans le désespoir et suscitaient chez eux de l'aversion envers tous les fonctionnaires barricadés derrière des murs de béton élevés. N'est-ce pas eux, ceux qui occupent aujourd'hui le pouvoir en Russie moderne, qui sont responsables de la chute de la grande empire rouge, de la mort des gens les plus désintéressés et dévoués du monde soviétique ? N'est-ce pas eux qui continuent de porter des coups mortels, cette fois contre la Russie et le peuple russe ?

— Hélas, hélas ! Malheureusement, le consulat ne peut rien faire pour vous. Nous n'avons pas de fonds pour cela. Ni le temps ni le personnel pour s'occuper de votre problème, — dit le consul avec une compassion feinte, répétant des phrases apprises par cœur, conçues pour ce type de situation. Il prononçait chaque mot en chantant presque, savourant sa propre voix comme un acteur sur scène. On dit que la vie est un théâtre. Peut-être que pour certains, la vie est un jeu, mais pour la plupart des gens, la vie est une souffrance.

— Il n'est pas nécessaire de s'occuper de mon problème, — dit Tatiana d'une voix suppliante. — Peut-être qu'en tant que Russe, mère de trois enfants, vous trouverez un travail quelconque pour moi au consulat ? Je suis prête à accepter n'importe quel emploi, à n'importe quel salaire. Je peux faire le ménage, — dit-elle, dans un dernier élan d'espoir. Comment aurait-elle pu savoir que les épouses des diplomates siphonnaient jusqu'au dernier sou les fonds publics, notamment en travaillant comme femmes de ménage dans les consulats ?

— En voyant vos yeux honnêtes, je suis prêt à faire preuve de compassion, mais hélas, le consulat ne peut vous accorder d'aide matérielle, — dit le fonctionnaire avec un sourire aigre. — Et puis, vous ne vous adressez pas au bon endroit. Vous devriez chercher du travail non pas ici, mais à l'agence pour l'emploi. Cela fait longtemps que vous vivez ici, vous devriez le savoir, — conclut-il.

L'inhumanité avec laquelle Tatiana fut refusée, sans même être écoutée, sans que l'on comprenne l'essence de son problème, fut la goutte d'eau qui fit déborder le vase du désespoir. La pauvre femme s'excusa doucement, non pas tant auprès du consul, mais auprès de tout le peuple russe, de toute la sainte Russie, et quitta le bureau.

« Plus vite, plus vite, juste pour échapper à cette humiliation, pour rester seule, — pensait Tatiana en se dirigeant vers la sortie de cet établissement sans âme, étranger et tout sauf russe. — Dans le vaste monde, il n'y a personne pour m'aider. Tout le monde m'a abandonnée, et personne ne voit mon désespoir et ma douleur, » cette pensée l'assourdissait.

Elle ne voyait ni n'entendait rien. Son cœur battait furieusement dans sa poitrine, comme s'il comprenait que tout ce qui se passait était mauvais, hostile à l'homme, et contraire à la vie, où l'amour, la compassion et la vertu devraient être des principes fondamentaux.

Chapitre 4. Les caprices du destin

Deux jours supplémentaires de souffrance passèrent. L'absence d'issue poussait Tatiana vers un acte désespéré. Elle ne pouvait plus résister à cette destinée qui la menait vers l'abîme.

De retour chez elle, Tatiana regarda ses enfants d'un œil nouveau. Chaque trait sur les visages d'Andreï, de Séréja et d'Ania lui était douloureusement cher et familier. « Est-ce possible que je ne les voie plus jamais ? Ils sont tout pour moi : le centre de mes préoccupations et le sens de ma vie. »

Elle appela sa fille. Ania avait quatorze ans. L'écart d'âge entre elle et ses jeunes frères était d'environ dix ans. Annouchka veillait sur ses petits frères et leur servait non seulement de grande sœur, mais aussi de seconde mère, d'éducatrice et d'enseignante. Les enfants ne pouvaient concevoir la vie les uns sans les autres. Aujourd'hui, ils formaient un tout indivisible ; demain, peut-être, la vie les disperserait-elle.

— Ma chérie, dit Tatiana à Ania, il se peut que je doive partir quelque temps en Russie, voir ton père. Je te laisserai un peu d'argent. Quand il sera épuisé, adresse-toi à ta professeure d'école. Peut-être que des gens de cœur ne vous abandonneront pas. Tu es intelligente et tu sauras affronter les difficultés.

Tatiana rassembla toutes ses forces pour contenir les sanglots qui menaçaient de jaillir. Elle se dirigea rapidement vers son plus jeune fils, le serra contre son cœur et couvrit son visage de baisers, puis fit de même avec Séréja et Ania. Après avoir dit adieu à ses enfants, elle quitta la maison. Les larmes coulaient en ruisseaux le long de ses joues. Dans un état de désespoir et de solitude complet, après avoir une dernière fois, en silence, dit au revoir à tous, Tatiana se dirigea vers la gare. Mentalement, elle avait déjà tracé une ligne invisible entre le monde des vivants et celui des morts.

En route, dans le train, Tatiana revivait dans son esprit les moindres pages de sa vie, comme si elle les parcourait une dernière fois. Quand elle prit sa décision définitive, elle ne ressentit plus aucune peur. Un sentiment accablant de solitude l'envahissait : chaque cellule de son corps aspirait à vivre, mais la vie se heurtait chaque fois au mur de l'absence d'issue.

Le destin ne laissait aucun choix à cette mère, incapable de nourrir ses enfants. « En finir une bonne fois avec la pauvreté et la honte, avec toutes les souffrances et les humiliations, » pensait Tatiana. « La mort vaut mieux que le déshonneur. » Elle se souvint soudain de ce que Mikhaïl lui avait dit en évoquant certaines femmes mariées bulgares qui ramenaient de l'argent gagné sur le trottoir — dans ce marché des humiliations et des souffrances humaines.

Descendant du train, Tatiana se dirigea vers la mairie. Elle n'avait plus ni espoirs ni illusions sur une réalité où l'argent seul constituait la valeur absolue et la mesure des relations humaines. Dans le bâtiment de la mairie, elle ressentit combien tout ce qui l'entourait lui paraissait étranger, artificiel, factice, bureaucratique et inhumain.

Elle remit la lettre au secrétaire du maire et sortit du bâtiment aussi machinalement qu'elle y était entrée.

Dehors, l'automne était calme. Le soleil de midi illuminait généreusement les alentours, réchauffant agréablement les visages des gens et colorant leur peau d'un léger hâle. Les arbres, vêtus de rouge et d'or, bordaient les allées des parcs et les rues, leurs feuilles scintillant sous les rayons du soleil comme un arc-en-ciel, décorant la ville côtière. Dans les flaques d'eau sombres et sales laissées par la pluie, des feuilles tombées noircies gisaient, rappelant que tout dans ce monde est éphémère et transitoire — tout comme l'été passé.

Malgré l'automne, les pluies éparses, les flaques boueuses et les trottoirs délabrés, Varna conservait son charme. En automne, les touristes se faisaient de plus en plus rares. C'était comme si une vague les avait balayés tous en même temps des plages, des cafés, des restaurants, les emportant vers l'océan d'une autre vie. Les plages désertes de la saison morte inspiraient aux passants une certaine mélancolie, mais la mer, comme toujours, restait belle, romantique et envoûtante.

Dans les parcs de la ville, des personnes âgées solitaires se reposaient sur les bancs. Certains flânaient tranquillement le long des allées, d'autres promenaient leur chien. Le monde entier, tel un festival, brillait de mille feux sous le soleil, mais on sentait une solitude et une fatigue chez les habitants de la ville, l'innocente gaieté et la joie qui autrefois, longtemps auparavant, suffisaient à tous, avaient disparu. Le bonheur, tel un oiseau, s'envole là où résident vérité et amour.

Évitant soigneusement les flaques, Tatiana se dirigeait vers le grand pont d'Asparoukh. De ses cinquante mètres de hauteur, des désespérés avaient maintes fois sauté dans la baie de Varna, réglant leurs derniers comptes avec la vie.

En prenant la lettre de Tatiana en main, la secrétaire du maire — une jeune stagiaire — lut l'adresse et le nom de l'expéditrice sur l'enveloppe, et la reconnut immédiatement. Comment aurait-elle pu oublier cette lettre du Ministère des Affaires étrangères ! Ce n'est pas tous les jours qu'arrivent des nouvelles qu'une personne est héritière d'une fortune laissée par des parents en France.

Avec sa curiosité et son attention, la secrétaire sauvait en cet instant, sans le savoir, la vie de cette mère de trois enfants. Sortant en trombe du bureau, elle courut de toutes ses forces à la poursuite de la femme la plus chanceuse du monde. Elle rattrapa Tatiana désespérée déjà dans la rue et lui remit la lettre avec joie…

Une minute plus tôt, Tatiana comptait en finir avec la vie, mais le destin, soudain, prit un virage inattendu. Pour ses années de labeur, pour s'être dévouée entièrement au travail, à ses enfants, à sa famille, pour avoir bu jusqu'à la lie la coupe des souffrances, Dieu la récompensait généreusement. Selon les lois françaises, Tatiana se trouvait être l'héritière de quinze millions d'euros ainsi que de propriétés dans les environs de Nice. Cette fortune appartenait à une citoyenne française — une ancienne princesse russe, Elena Malycheva, dont les parents avaient émigré en France juste après la révolution d'Octobre 1917. La princesse n'avait pas d'héritiers directs. Tatiana était sa petite-nièce et sa seule parente dans la dynastie des Malychev. Un cabinet d'avocats à Nice avait été chargé de retrouver les héritiers de la princesse en Russie. Ce sont eux qui avaient retrouvé Mme Tatiana , vivant en Bulgarie avec ses enfants.

Épilogue

Les journaux et les chaînes de télévision bulgares se sont précipités pour relayer une nouvelle terrible, inondant la population d'informations effroyables : une famille de cinq personnes, se trouvant dans une situation désespérée, sans emploi ni moyens de subsistance, avait mis fin à ses jours. Ce drame s'est produit à Sofia. Un homme et sa femme, main dans la main, se sont jetés du treizième étage avec leurs enfants.
Tous sont morts.

Sur cette tragédie, les magnats de la presse ont augmenté leurs tirages et ont engrangé des profits supplémentaires. Les gens ont soupiré, se sont apitoyés un instant, puis, dès le lendemain, l'ont oubliée dans la routine quotidienne. Que faire ? En effet, il n'est pas donné à tous les chômeurs, qui n'ont rien pour nourrir leurs enfants, de recevoir un billet de loterie aussi heureux que celui qui est tombé entre les mains de notre pauvre Tatiana.

Mais certains de ceux qui, aujourd'hui, savourent leur café parfumé, s'amusent et rient, pourraient demain se retrouver à la place de ceux qui, hier, se sont jetés du treizième étage. Parfois, pour rester fidèle à soi-même et ne pas devenir un jouet entre les mains des parvenus — les maîtres de cette nouvelle vie — une personne prend la décision de se donner la mort. L'homme se voit contraint de renoncer à sa vie pour ne pas la transformer en son propre ennemi, pour préserver en lui tout ce qu'il y a de meilleur. Si vous souhaitez, cher lecteur, connaître la suite de cette histoire, continuez votre lecture.

DEUXIÈME PARTIE

Chapitre 1. Nice. Cabinet d'avocats

Le cabinet d'avocats « Maréchal » était situé sur la Côte d'Azur, à Nice, à trois minutes de marche de la Promenade des Anglais, près de l'emblématique hôtel Negresco. En 2010, les Maréchal célébrèrent le centenaire de leur pratique juridique. Tout comme les dynasties royales transmettent à leurs descendants leurs trésors accumulés, la couronne et le trône, le cabinet d'avocats « Maréchal » transmettait de génération en génération un business solidement ancré dans la famille. Ce succès dans un monde hautement compétitif leur était assuré par une réputation irréprochable, un esprit imprégné de l'amour de la France et, bien entendu, par le capital accumulé au fil des décennies. En un siècle d'activité, le cabinet « Maréchal » s'était transformé en une vaste entreprise de conseil offrant une large gamme de services juridiques, avec des succursales à Paris, Lyon, Marseille et Bordeaux.

Ce qui permit à ce cabinet de prospérer dans le monde du « veau d'or » fut la persistance dans le droit pénal d'une loi médiévale sur la peine de mort, en vigueur en France jusqu'aux années 1980. Les Français appelaient la guillotine la « machine de mort » et la considéraient comme une honte pour la nation. La grande guillotine était installée à Paris, dans l'une des prisons de la ville, dans une salle fermée, tandis que deux autres, de taille plus modeste, circulaient à travers toute la France. Ces instruments de mort exécutaient les sentences des juges en séparant les têtes des condamnés de leurs corps.

La lourde lame de la guillotine était hissée à une hauteur de cinq mètres, où elle était maintenue, comme en attente de sa prochaine victime. Un prêtre, invité pour l'exécution, récitait au condamné la dernière prière tirée de l'Évangile. Le condamné, attaché à une chaise, recevait un dernier verre de cognac et une ultime bouffée de cigarette. Puis, de façon soudaine et inattendue, la chaise basculait, exposant ainsi la nuque du condamné au coup de la lame, qui séparait la tête du corps.

Cette exécution, inhumaine et déshonorante, était millimétrée et minutée avec une précision mathématique. La lourde lame de la guillotine s'abattait avec fracas sur le cou des malheureux, et les têtes coupées, comme des billots, roulaient dans un panier. La guillotine inspirait terreur et dégoût à tous les Français.

Malgré cette exécution punitive monstrueuse, les crimes graves contre la propriété privée sacrée persistaient. Les bandits, attaquant des banques, des bijouteries et des bourses de diamants, tombaient parfois entre les mains de la police et, pour échapper à la guillotine, s'adressaient aux meilleurs cabinets d'avocats de France. Cependant, seuls les cabinets d'avocats très riches parvenaient à obtenir pour leurs clients une libération de la peine capitale — bien entendu, non pour des honoraires élevés, mais pour des honoraires exorbitants.

Chapitre 2. L'Exode. L'émigration

Après la révolution de 1917, des centaines de milliers de représentants de la bourgeoisie quittèrent en masse la Russie rouge pour la France. Ils apportèrent avec eux des œuvres d'art de grands maîtres russes et européens, ainsi que des diamants et des « nikolaïki » — ainsi étaient surnommés en Russie les pièces d'or frappées de l'effigie du tsar Nicolas II.

En France, des nobles, des princes, des propriétaires terriens et des industriels russes — tous ceux qui avaient refusé de servir leur peuple et l'État prolétarien — trouvèrent refuge. Parmi eux se trouvait la famille Malychev, issue d'une vieille noblesse.

Alexeï Mikhaïlovitch Malychev occupait le poste de conseiller titulaire à Samara. Lorsqu'il émigra en France avec sa famille à l'été 1918, il ressentit, comme tous les autres membres de sa famille, la douleur de la séparation avec la Russie. Ce n'est pas en vain que l'on dit : « Qui a vu la Volga une fois ne pourra jamais s'adapter ailleurs. » Cela se vérifia. Ayant vécu à l'étranger pendant un peu plus de quinze ans, Alexeï Mikhaïlovitch quitta ce monde, laissant derrière lui son épouse, Ekaterina Ivanovna, et sa fille de dix-sept ans, Elena.

Six mois après la mort de son mari, Ekaterina Ivanovna tomba gravement malade. Sur son lit de mort, avant de comparaître devant le jugement de Dieu, elle révéla à sa fille un secret de famille : en Russie, elle avait une sœur, la fille illégitime de son père, qui n'avait eu que le nom de famille comme héritage.

— Trouve-la, ma chérie, elle est ta sœur. Prends soin d'elle ou de ses enfants, — lui demanda sa mère mourante.

En quittant ce monde, les parents laissèrent leur fille unique non seulement sous la protection du Seigneur, mais également avec un héritage de plusieurs millions de francs et une propriété sur la Côte d'Azur.

Elena, unique héritière de la fortune de ses parents, n'oublia jamais le secret familial qui lui avait été révélé. Elle considérait comme son devoir sacré d'accomplir la dernière volonté de sa mère mourante. Mais, comme nous le savons bien, cher lecteur, promettre est toujours plus facile que d'accomplir.

Elena Alekseevna Malycheva se distinguait parmi les jeunes Russes de Nice, tout comme parmi les Françaises, par sa noble allure et sa beauté particulière. Jeune, belle, riche et éduquée, elle peinait à trouver un homme digne de devenir son mari. Mais les années passaient, emportant avec elles jeunesse et beauté.

Dès les premières années de leur installation en France, les affaires financières des Malychev furent gérées par leur intendant, Monsieur Bourguignon — un homme bien éduqué, toujours impeccablement et élégamment vêtu, portant des costumes coûteux qui reflétaient sa position de gestionnaire de fortune. Après la mort des Malychev, Bourguignon, par devoir, rendait compte de ses affaires à Elena Alekseevna, qu'il aimait secrètement et désespérément.

Chapitre 3. La roulette russe

Les avocats du cabinet « Maréchal » ne refusaient jamais leurs services aux clients russes, car, selon une rumeur qui court en France, les Russes ont la réputation de jeter l'argent par les fenêtres et que leur âme reste une énigme. Cela est sans doute vrai, car ces Russes ne marchandent jamais. Une autre rumeur veut qu'ils aient été les premiers à introduire dans tous les casinos de Paris, Nice et Monte-Carlo le jeu désormais célèbre dans le monde entier : la roulette russe.

Parmi les Russes fréquentant les casinos parisiens, certains étaient des fatalistes désespérés, prêts, en cas de perte, à se lancer dans une partie de « roulette russe ». Un homme ayant perdu sa patrie et son sens de la vie pouvait facilement miser sa vie pour éprouver jusqu'où le destin, qui l'avait privé de tout, pouvait encore le torturer. Ainsi, parmi les bourgeois français riches et rassasiés, qui jouaient dans les casinos par ennui et pour le frisson, se trouvaient parfois des Russes qui connaissaient le sens de l'honneur des nobles et officiers russes et qui n'hésitaient pas à mettre leur vie en jeu.

Une balle était placée dans le barillet d'un revolver, qui était ensuite tourné plusieurs fois. Le perdant pressait le canon contre sa tempe et appuyait sur la gâchette. Si la chance tournait le dos au fataliste, il perdait non seulement sa patrie mais aussi sa vie, laissant derrière lui un corps inerte. En cas de succès, le chanceux récupérait sa mise et conservait sa vie, son argent et l'espoir que le destin restait encore son allié.

Les émigrés de Russie trouvaient divers moyens de s'adapter à la vie en France. Les anciens officiers russes, maîtrisant plusieurs langues étrangères, travaillaient comme chauffeurs de taxi, tandis que les jeunes femmes bien éduquées, issues de familles nobles appauvries, devenaient gouvernantes ou débutaient une carrière de mannequin dans les maisons de mode de Paris.

Mais toutes les jeunes filles russes ne trouvaient pas leur chance dans un pays étranger. Beaucoup devenaient des proies faciles pour des proxénètes impitoyables et glissaient rapidement au plus bas de la société parisienne.

Chapitre 4. De nos jours

Le cabinet d'avocats Maréchal était chargé de traiter la succession de la famille Malychev et de la transmettre aux éventuels héritiers résidant en Russie. Ce travail ne nécessitait pas de compétences exceptionnelles, mais il était fastidieux et comportait un certain degré de danger. Dans des cas similaires, Maître Maréchal confiait la partie délicate de l'affaire à l'agence de détectives « Cobra », composée de professionnels. Pour des honoraires adéquats, ils pouvaient retrouver non seulement un héritier russe, mais même une aiguille dans une botte de foin.

Emmanuel Roullier, le chef de l'agence de détectives, prenait personnellement en charge les missions, aussi difficiles soient-elles. Emmanuel était un homme énergique d'âge moyen, de forte carrure. Dans le passé, il avait servi dans la Légion étrangère française, une unité mal vue en Europe. Les légionnaires étaient surnommés « soldats de fortune » parce que la Légion recrutait des hommes du monde entier, dont beaucoup avaient des démêlés avec la justice dans leur pays.

La Légion s'était fait connaître pour sa brutalité en Afrique. Ces soldats de fortune avaient participé à des massacres tribaux pour déclencher des guerres civiles, semant le chaos et la mort. Il n'est pas surprenant que les coups d'État sanglants et les conflits militaires éclatent dans les pays africains riches en ressources naturelles ou là où les intérêts des capitaux étrangers sont menacés. En déclenchant des guerres sous le prétexte de protéger les populations locales contre l'« extrémisme islamique », la France intervenait officiellement dans les États africains souverains, y envoyant ses brigades de parachutistes. Ainsi, en usant de la force militaire, on éliminait les dirigeants de l'opposition nationale soutenus par la majorité de la population, écartant ainsi la menace de nationalisation des ressources naturelles et maintenant le régime néocolonial sur le continent africain.

Roullier avait participé à de nombreuses opérations militaires de ce type. Il avait été officier subalterne dans une unité spéciale de la brigade parachutiste. Avec l'argent qu'il avait accumulé au cours de ses dix ans de service dans la Légion, il avait pu ouvrir une agence de détectives à Marseille.

En recevant une nouvelle mission du cabinet Maréchal, Emmanuel Roullier retrouva sans trop de difficulté la piste de la nièce d'Elena Malycheva, piste qui menait en Russie.

Chapitre 5. En Russie

Selon les informations obtenues par le détective, l'héritière de la princesse Malycheva, une certaine Tatiana , devait résider à Samara. Roullier se rendit dans cette ville provinciale sur la Volga et s'installa dans le meilleur hôtel du centre-ville. Sans perdre de temps, il demanda à la réception de lui réserver une voiture pour neuf heures du matin, de préférence un véhicule à quatre roues motrices, comme une Audi ou une Renault.

Dans la vie, Roullier n'était pas un homme difficile et s'était habitué aux nombreux désagréments que l'on peut rencontrer. Après avoir dîné au restaurant de l'hôtel, il constata que la cuisine locale laissait à désirer. De retour dans sa chambre, il avait du mal à se concentrer. Il était distrait par des appels téléphoniques : des voix féminines, dans un mauvais anglais, lui proposaient des services de prostitution. Toute cette ambiance russe lui rappelait vaguement l'Afrique, où les gens, pour ne pas mourir de faim, vendaient tout ce qu'ils possédaient.

Les filles russes sont belles, mais des prostituées restent des prostituées : quelle que soit leur nationalité, elles finissent par se ressembler toutes. Il se rappela soudain qu'en France, dans les couloirs du pouvoir, on surnommait souvent l'Europe de l'Est « l'Afrique blanche » et les Slaves « les Africains blancs ». Cette pensée cynique avait un fond de vérité, pensa le détective.

Le soir même, Roullier avait déjà recueilli toutes les informations nécessaires pour retrouver sa cible. Ses compétences professionnelles et sa connaissance du russe, qu'il avait acquise dans la Légion, lui furent d'une grande aide : dans l'unité spéciale où il servait, il y avait des Russes, des Ukrainiens, des Polonais et d'autres Slaves, mais tous parlaient russe. Maîtrisant parfaitement le français, l'allemand, l'espagnol, l'italien et le russe, Roullier n'éprouvait aucune barrière linguistique, où qu'il se trouve.

Il lui fallut encore une journée pour vérifier les informations obtenues et déterminer précisément la trace de la femme recherchée, qui menait désormais en Bulgarie.

Ne s'attardant pas davantage en Russie, il prit un vol des Austrian Airlines pour la Bulgarie. À Varna, Roullier retrouva sans difficulté l'adresse exacte où résidait Tatiana. La mission qu'il remplissait était bien rémunérée — et il comptait bien retrouver la personne recherchée, même si cela signifiait qu'il devait contourner la loi.

Chapitre 6. Une nouvelle vie

En recevant une lettre du consulat français l'informant de l'héritage, Tatiana ne parvenait pas à comprendre en quoi cela la concernait. Une minute plus tôt, elle se dirigeait vers le le pont d'Asparoukh pour en finir avec la vie, mais les nouveaux événements faisaient d'elle l'héritière d'une grande fortune en France. Elle semblait perdue, détachée du temps et de l'espace. Un instant plus tôt, elle avait pris sa décision ; désormais, elle était déboussolée, ne sachant plus si elle devait rire ou pleurer. C'était comme une seconde naissance. Ni larmes, ni rires — rien... À cet instant, elle voulait seulement s'endormir et s'éloigner de la réalité. Sans réfléchir davantage, elle marcha d'un pas assuré vers sa maison, vers ses enfants, vers une nouvelle vie. Elle était une femme différente — une femme ayant senti le froid de la mort.

Tatiana rentra chez elle comme une nouvelle personne. Ses enfants se précipitèrent vers elle avec tant de joie, comme s'ils avaient senti qu'elle avait voulu les quitter pour toujours, mais qu'elle avait changé d'avis. Elle les serra dans ses bras, en répétant doucement et tendrement les mêmes mots, comme un mantra :
— Nous ne nous quitterons plus jamais, quoi qu'il arrive, jamais.

Des forces inconnues, jusque-là insoupçonnées, lui donnaient une confiance en elle-même. Ce monde complexe, contradictoire et cruel, auquel il fallait faire face sans illusions ni foi en des idéaux humains, devenait clair dans l'esprit de Tatiana.

Le lendemain matin, la première chose qu'elle fit fut de se rendre à la banque et de demander un rendez-vous avec le directeur. Celui-ci l'accueillit avec une politesse exagérée et en même temps froide. Il se souvenait de cette Russe dont la maison avait été confisquée par la banque.

— Je vous écoute, dit-il d'un ton sec, sans aucune courtoisie.

Tatiana lui montra la lettre du consulat français sans dire un mot. En la lisant, le directeur changea soudainement d'attitude : il rentra sa tête dans les épaules et, recroquevillé, il semblait plus petit, insignifiant, presque servile.

— Notre banque pourrait vous apporter toute l'aide nécessaire. Si vous le souhaitez, nous allons immédiatement faire appel à un spécialiste du service juridique pour qu'il vous conseille sur les démarches à entreprendre afin de faire valoir vos droits d'héritière.

Il ordonna rapidement qu'on leur serve du café. La secrétaire — une jolie brune au sourire forcé — apporta un plateau de douceurs et le posa devant Tatiana et son patron.

Une minute plus tard, un juriste entra dans le bureau. Après avoir lu la lettre du consulat, il demanda poliment s'il pouvait en faire une copie pour préparer tous les documents nécessaires à l'ouverture de la succession. Tatiana lui remit la lettre, qui fut immédiatement copiée et rendue. Le directeur, d'un ton amical, lui déclara qu'avec les nouveaux événements, elle n'avait plus à se soucier de la maison et qu'elle pourrait y vivre aussi longtemps qu'elle le souhaiterait. Si elle désirait en devenir propriétaire, la banque lui rendrait immédiatement son bien.

— De plus, vous aurez probablement besoin d'argent liquide pour vos dépenses — ne vous inquiétez de rien, ajouta le directeur avec un sourire obséquieux. Nous créditerons votre compte d'une somme suffisante pour que vous ne manquiez de rien le temps de finaliser les formalités de votre héritage.

Tatiana n'était plus surprise par l'hypocrisie et le faux-semblant humains. En sortant de la banque, monsieur Roullier était assis dans une voiture de location, garée en face, et la photographiait, elle ainsi que tous ceux qui entraient et sortaient de la banque.

Chapitre 7. Le complot

Krasen Petrov, directeur de la « BalkanStroyBank », convoqua Boris Dimov, chef du service de sécurité. Boris était un vieil ami de Krasen et comprit qu'il était appelé pour une conversation sérieuse. « Ah, le directeur a besoin d'une action musclée », pensa Boris.

Vers midi, deux hommes d'âge moyen, vêtus de manière coûteuse mais sans goût, sortirent de la banque. Roullier, toujours assis dans sa voiture, identifia immédiatement ces types comme étant liés aux coffres de la banque. Ils semblaient à la fois excités et préoccupés.

À l'heure du déjeuner, ils se dirigeaient vers le restaurant le plus proche. Roullier sortit de sa voiture. Ne prévoyant pas de rester le ventre vide, il les suivit tranquillement.

Début octobre à Varna, il fait habituellement doux, mais ce jour-là, un vent frais soufflait, si bien qu'en entrant dans le restaurant, le détective savoura l'air chaud provenant du climatiseur.

Le restaurant était soigneusement ordonné, mais manquait de cette esthétique sobre qui fait partie intégrante de la culture européenne et qui est si familière et nécessaire à tout Européen.

Roullier s'installa confortablement et se plongea dans le menu que le serveur lui tendit en silence. Il avait depuis longtemps adopté une habitude devenue presque une seconde nature : ne jamais se distinguer des gens autour de lui. Il parvenait aisément à se fondre en Anglais en Angleterre, en Scandinave en Suède ou au Danemark, ou en Italien en Italie. Dans n'importe quel pays, il se sentait comme un poisson dans l'eau. Partout, il était l'un des leurs. Cela n'était possible que lorsqu'on n'était pas limité financièrement ou qu'on avait une confiance totale en ses capacités intellectuelles et physiques. Monsieur Roullier possédait les deux.

Il savait masquer sa force, qui n'était pas celle brute d'un sauvage, mais une force invisible, semblable à un art qui englobe les plus anciennes traditions des meilleures écoles de combat à mains nues. Les anciens préceptes des adeptes d'arts martiaux disaient : « Si tu ne peux pas, à mains nues, faire face à un ennemi armé, tu seras décapité.»

Des années de pratique dans des situations de guerre avaient perfectionné cette force, et elle lui avait sauvé la vie à de nombreuses reprises dans des situations extrêmes. Roullier utilisait rarement la force, mais quand il le faisait, c'était comme une machine programmée. Sa conscience donnait simplement l'ordre de déterminer le degré de gravité et de destruction requis dans chaque situation. Il maîtrisait toutes les armes à feu et les armes blanches, et les avait utilisées à maintes reprises contre des ennemis en situation de combat réel. Il tuait pour survivre. Roullier était un homme rationnel et dangereux, dont le cœur ne connaissait ni sentimentalisme ni amour.

Mais revenons au restaurant, où les banquiers préparaient leur plan pour s'approprier l'héritage étranger de leur cliente.
— Boris, j'ai une affaire intéressante. Nous devons résoudre cela rapidement et avec précision, commença Krasen Petrov en s'installant à table.
— J'ai compris en gros, répondit Boris Dimov. Je pense qu'elle doit être éliminée après avoir signé tous les documents nécessaires et la procuration au nom de la personne que nous indiquerons, déclara Boris.
— Non, ce n'est pas possible ici. Elle doit être présente lors de l'audience à Nice. Nous devons d'abord gagner sa confiance, et une fois qu'elle aura officiellement pris possession de son héritage, qui, selon nos estimations, vaut

environ quinze millions d'euros, tu pourras agir. Cette affaire exige une expertise et une grande prudence. Essaie de te rapprocher d'elle. D'ailleurs, elle est plutôt charmante, ajouta Krasen avec un ton moqueur.

— J'ai compris. Quel sera mon pourcentage ?
— Cette fois, trois pour cent.
— Pourquoi pas dix comme d'habitude ?
— Nous parlons ici d'un capital très important. Trois pour cent, c'est une petite fortune. Tu me comprends ?
— Compris, patron.

Roullier sirotait lentement son jus, en attendant son plat principal. Il ne pouvait entendre la conversation des banquiers, mais elle était enregistrée grâce à son équipement spécial, et il apprendrait chaque mot des conspirateurs. Il devinait que sa cliente était la cible d'un complot, et qu'ici, dans ce restaurant, on tramait un complot. Il percevait toute menace provenant des hommes avec le calme d'un professionnel, sans aucune anxiété.

Après le déjeuner, Roullier prit immédiatement la route en direction de Choumen — la ville où résidait Tatiana. Il devait agir rapidement pour la sortir de Bulgarie et l'emmener en France. Le temps, c'est de l'argent. Il conduisait avec assurance, suivant les instructions du GPS, et, après quarante minutes, il parcourut près de cent kilomètres de Varna à Choumen. Quelques minutes supplémentaires lui suffirent pour localiser l'adresse. Sans s'arrêter devant la maison, il poursuivit sa route jusqu'à un parking à proximité, où il gara la voiture parmi d'autres véhicules. Puis, il se dirigea calmement vers la maison pour faire la connaissance de notre héroïne.

Chapitre 8. La fuite

Roullier frappa à la porte de la petite maison entourée de son jardin, ombragée par des arbres fruitiers. Un garçon aux yeux bleus et aux cheveux blonds, âgé d'environ sept ans, sortit de la maison en courant et regarda l'invité avec un sourire bienveillant. À ce moment-là, une jeune femme apparut sur le seuil. Elle se tenait légèrement voûtée, son pull gris moulait sa silhouette mince, et ses cheveux châtain clair, un peu en désordre, retombaient sur ses épaules. On voyait bien qu'elle ne s'intéressait plus à son apparence depuis longtemps. En s'approchant de la porte, elle demanda en bulgare :

— Que puis-je pour vous ?

Roullier répondit poliment en russe :

— Excusez-moi, madame, je m'appelle Emmanuel Roullier. Je suis venu spécialement de France sur la demande de vos amis. Si vous me permettez d'entrer, je vous expliquerai la raison de ma visite.
— Oui, entrez, je vous en prie, — répondit Tatiana, légèrement embarrassée, en laissant entrer l'invité.

Roullier fit deux pas à l'intérieur, puis s'arrêta avec un sourire et dit :

— Après vous, madame.

À l'intérieur de la petite pièce, Roullier fut surpris par la modestie des lieux. Malgré tout, une propreté impeccable régnait dans la maison. Il s'assit prudemment sur une chaise, craignant qu'elle ne supporte pas ses cent kilos. Après les politesses d'usage, il exposa brièvement l'objectif de sa visite :

— Je suis ici pour vous emmener en France.
— Mais comment pourrais-je faire cela ? Je n'ai rien : ni argent, ni passeport.

Roullier fut frappé par la vulnérabilité de cette femme, héritière de millions, sans aucune réaction excessive, sans le moindre artifice que tant de femmes auraient manifesté dans de telles circonstances. Elle répondait d'une voix posée et avec simplicité. Cette qualité lui plaisait.

— Vous pensez que je devrais partir aujourd'hui même ?

— Oui, madame Tatiana, et pas seulement vous, mais aussi vos enfants.

— Mais comment cela serait-il possible ?

— Non seulement c'est possible, mais c'est nécessaire, je vous assure, madame. Nous prendrons le vol du soir pour Sofia, puis pour Paris.

— Mais je ne peux pas, je n'ai pas d'argent.

— Ne vous inquiétez de rien, madame, tous les frais sont couverts. Vous pensez pouvoir préparer les enfants en deux heures ? Emportez seulement vos documents et le strict nécessaire. Nous achèterons tout ce qu'il vous faut, à vous et aux enfants, une fois à Nice. Si vous le permettez, je viendrai vous chercher dans exactement deux heures.

— Très bien, nous serons prêts.

Deux heures plus tard, Tatiana et ses enfants étaient installés confortablement dans la voiture conduite par Roullier. Il prenait la direction de Sofia avec assurance. Tatiana trouva étrange qu'ils ne se dirigent pas vers l'aéroport de Varna mais prennent la route de Sofia. Cependant, elle ne posa aucune question. Roullier contrôlait la situation, et tant qu'elle et ses enfants étaient avec lui, ils étaient en sécurité. Quatre heures plus tard, les fugitifs arrivèrent dans la capitale bulgare. Bien qu'il fût tard, l'ambassade de France les attendait. Le consul avait été informé de l'arrivée de la femme russe et de ses trois enfants et avait reçu l'instruction de leur fournir des documents français et de les transférer en toute sécurité à Paris. Dans les confortables appartements de l'ambassade, un dîner les attendait. Après le repas, épuisés par le voyage et les émotions, ils s'endormirent rapidement.

Le lendemain matin, après le petit-déjeuner, ils furent conduits à l'aéroport dans une voiture diplomatique. Ils accédèrent à l'avion par le salon VIP, sans contrôles de documents ni inspection des bagages. À dix-sept heures, le vol Sofia-Paris atterrit à l'aéroport Charles-de-Gaulle. Tatiana se rendit compte qu'il lui manquait une personne, celle qui avait tout organisé. Roullier n'était pas là. Il parlait couramment le russe et avait été très attentionné envers elle et ses enfants, lui donnant un sentiment de sécurité qu'elle n'avait jamais ressenti auparavant. Et voilà qu'il avait disparu aussi soudainement qu'il était apparu, et cela au moment où elle avait le plus besoin de lui.

Chapitre 9. Les poursuivants

Moins de vingt-quatre heures après l'entretien de Tatiana avec le directeur de la banque, le chef de la sécurité de la banque, Boris Dimov, se rendit auprès de lui avec un nouveau plan pour s'approprier la fortune de la « Russe ». Il était satisfait que l'argent vienne à lui sans effort. Leur conversation fut tendue, et après avoir écouté le projet de Dimov, le directeur se montra mécontent :

— Ne me déçois pas. D'abord, elle a un mari qui est actuellement en Russie. Ensuite, elle a trois enfants. L'héritage passe toujours aux plus proches parents.

Boris écouta le directeur avec inquiétude, sachant bien ce qu'il risquait en cas d'échec.

— Je comprends.

— Eh bien, si tu comprends, agis. C'est même mieux que son mari soit en Russie. Il doit y rester. Un accident de voiture ? Non. Ce scénario, nous le réservons pour sa part. Arrange un empoisonnement à la vodka frelatée. C'est plus crédible et courant en Russie. Adapte-toi aux circonstances : un accident, intoxication aux gaz d'échappement dans un garage. En dernier recours, un suicide : qu'il se jette d'un immeuble. Tu sais bien comment on fait ça. Dois-je vraiment t'apprendre ?

Dimov savait qu'il ne devait rester aucun proche de l'héritière — ni mari, ni enfants. Le directeur continua :

— Les enfants doivent disparaître avant qu'elle ne prenne possession de l'héritage. Arrange un accident, par exemple, une sortie en bateau qui tourne mal ou un accident de voiture. Après tout, les accidents arrivent tous les jours, toutes les heures. Que ferions-nous sans eux ? Elle doit être la seule survivante… jusqu'à un certain moment, bien sûr. Tu as trente jours pour tout régler. En cas d'échec, je ne miserai pas un dollar sur toi. Compris ?

— Oui, compris.

— Autre chose : nous aurons besoin d'un sosie. Trouve une femme qui lui ressemble et prépare-la pour une opération de chirurgie plastique. Elle prendra la place de l'héritière une fois que celle-ci aura officiellement acquis ses droits. Compris ?

— Oui, compris, dit Dimov d'un ton préoccupé, se disant que son patron était un vrai génie pour concevoir un tel plan.

— Alors, mets-toi au travail. Élimine ses proches d'une main, prépare le sosie de l'autre. Pas si compliqué. Compris ?

— Compris, chef.

Dimov quitta le bureau du directeur, agité comme jamais. Il appela immédiatement son « nettoyeur », un tueur à gages que seul Dimov connaissait, et se mit à étudier avec minutie le dossier de Tatiana .

Ce dossier contenait des informations sur tous les membres de sa famille. Après l'avoir examiné, Boris tenta d'appeler Tatiana, mais le numéro était hors ligne. Il essaya ensuite d'appeler le mari et la fille, mais tous les abonnés étaient injoignables.

Dimov détestait les situations imprévisibles et incontrôlables. Sans attendre, il ordonna à la cellule d'analyse de la banque de lui fournir, dans l'heure, toutes les informations disponibles sur les lieux où Tatiana et sa famille pouvaient se trouver.

— Activez tous les réseaux de surveillance et mobilisez notre personnel. Vérifiez les aéroports, les gares et les postes de douane. Je veux une adresse exacte, rien de moins. Vous avez vingt-quatre heures, et les dépenses sont doublées, avec un bonus en cas de résultat positif.

La cellule d'analyse de la banque, composée de jeunes professionnels et dirigée par un ancien enquêteur du ministère public, Plamen Prokopiev, était réputée pour son efficacité. En effet, cinq heures plus tard, ils produisirent un rapport détaillé avec l'adresse et le numéro de téléphone de Mikhaïl, le mari de Tatiana, en Russie. Quant à Tatiana, d'après leurs recherches, elle n'avait quitté la Bulgarie par aucun moyen de transport. Les contrôles douaniers et frontaliers de la Bulgarie confirmaient que la famille n'avait pas quitté le territoire.

Cependant, Tatiana et ses enfants n'avaient pas été vus dans leur résidence à Choumen depuis plus de vingt-quatre heures. Sa fille aînée Ania était absente de chez elle et de l'école. Tous les numéros de téléphone associés à la famille étaient inactifs depuis plus de vingt-quatre heures. Les comptes bancaires ne montraient aucune activité récente. Aucune trace de la famille dans les hôpitaux ni les morgues de Bulgarie. Tous ces éléments suggéraient qu'ils étaient sous la protection de personnes bien informées sur les techniques d'investigation.

Après avoir lu le rapport, Dimov se sentit déstabilisé. Les choses lui échappaient. En seulement quelques heures, la situation avait basculé et devenait de plus en plus complexe. Le directeur de la banque écouta Dimov avec attention. Krasen, un esprit analytique, conclut rapidement que la situation était certes étrange, mais pas désespérée.

— Monsieur Dimov, concentrez-vous sur la préparation du sosie et sur l'élimination du mari en Russie.

— Oui, chef. Le plan est lancé, je vous tiendrai informé.

— Quant à notre cible principale, poursuivit Krasen, je pense qu'elle réapparaîtra en France, probablement sur la Côte d'Azur, et ce, très prochainement.

Dimov avait souvent admiré les capacités de réflexion et l'intuition de son patron, qualités qui avaient sans doute contribué à son succès. Ce qu'il ignorait, c'est que Krasen entretenait depuis des années des liens étroits avec des réseaux criminels, ainsi qu'avec les services secrets bulgares, dont l'influence s'étendait bien au-delà des frontières de la Bulgarie.

Chapitre 10. L'élimination

Le « nettoyeur » reçut par courrier une photo d'un homme d'âge mûr, accompagnée de son adresse. Ayant perdu le compte de ce genre de missions, il abordait son travail avec respect. En éliminant une personne, il se disait qu'il supprimait aussi ses problèmes, ses inquiétudes et ses liens avec ce monde. Au début de sa carrière de tueur, il doutait du bien-fondé de son choix, mais il en était venu à croire qu'il aidait ses victimes à quitter ce monde, libérées de toutes leurs épreuves. Il imaginait que le destin l'avait désigné pour accomplir cet acte suprême, presque aussi significatif que de donner la vie. Lorsqu'il ôtait la vie d'une personne, il avait l'impression de l'offrir en sacrifice à une force invisible mais puissante.

Bien que le « nettoyeur » soit d'un certain âge, il exécutait ses missions avec une précision infaillible. Pour ce travail insolite mais, selon lui, noble, il était grassement rémunéré en devises. Ses comptes étaient déjà bien remplis, mais il continuait par amour de l'art. Sans famille ni proches, il appréciait encore la compagnie des jeunes femmes, bien que son âge atteigne la soixantaine. Cependant, aucune ne réussit à le captiver vraiment.

À Samara, il repéra rapidement sa cible. Éliminer cet homme insignifiant ne présenta aucune difficulté, car sa vie était désordonnée, sans but. Il agissait ici sans inspiration créative. Les êtres insignifiants meurent aussi de façon insignifiante, comme leur existence.

Vers dix-neuf heures, vêtu en employé du gaz, il frappa à la porte de Mikhaïl. Celui-ci ouvrit, face à un homme plus âgé, vêtu d'un uniforme de travail.

— Vous êtes le propriétaire de l'appartement ?
— Oui, et alors ?

— Je suis ici pour vérifier le système de gaz. C'est un contrôle de routine. C'est grâce aux gens comme vous qu'on doit travailler tard ! Mais avec le gaz, on ne plaisante pas, répondit le soi-disant « technicien » d'un ton moralisateur.

— Très bien, entre, vérifie ton système, grogna Mikhaïl.

Le « technicien » se dirigea vers la cuisine, ouvrit lentement sa mallette et commença à manipuler les conduites de gaz. Mikhaïl retourna à sa télévision pour finir son film sur un tueur à gages. Le « nettoyeur » sabota le système de distribution de gaz, provoquant ainsi une accumulation qui mènerait à une explosion.

Le lendemain, les actualités locales diffusaient l'incident : « Explosion de gaz dans un appartement résidentiel. Un homme a été retrouvé mort. Heureusement, aucun autre occupant n'a été blessé. Les enquêteurs pensent que l'explosion est due à une négligence du propriétaire, possiblement en état d'ébriété. »

Après avoir accompli sa mission, le « nettoyeur » informa son client et s'apprêta à partir pour la Bulgarie, où une nouvelle tâche l'attendait.

Chapitre 11. L'attaque comme meilleure défense

À Paris, après avoir confié ses protégés au cabinet d'avocats, Roullier téléphona à Maître Maréchal :

— L'objet de la mission est arrivé à Paris et a été remis à vos collaborateurs. Le travail est fait comme convenu. Mais je dois vous avertir que la cible est sous la menace d'une organisation criminelle bulgare. Si nous ne supprimons pas cette menace, cela pourrait devenir compliqué.

— Je veux que vous éliminiez ce problème. Agissez, Roullier ! La mission sera bien rémunérée. Utilisez tous les moyens nécessaires. Nous avons besoin d'un résultat sans faille.

— Je commencerai dès que les arrangements financiers et autres formalités seront réglés.

— Ne vous inquiétez pas, vous recevrez tout demain matin, garantissait Maréchal.

Le lendemain, Roullier s'envola pour Varna, où il loua une Audi flambant neuve. En quinze minutes, il rejoignit un hôtel cinq étoiles.

L'intérieur de l'hôtel, de style avant-gardiste, créait une impression d'ouverture grâce à ses murs en verre. Dans la salle de bain, des galets blancs rappelaient un bord de mer, et un lit central dominait la pièce, symbolisant le lieu de toutes les étapes de la vie. Roullier, après une douche, enfila une chemise blanche et une veste assortie à ses pantalons en lin. Il descendit au restaurant, où il choisit une table discrète mais avec vue sur l'entrée. Roullier savait savourer un bon repas, un plaisir accessible à ceux qui sont physiquement forts et affamés.

Le dîner fut exquis, accompagné de vodka locale de qualité. Roullier se dit qu'une bonne nuit de sommeil était nécessaire pour être prêt à frapper fort le lendemain.

Lundi, souvent le jour le plus chargé, ne faisait pas exception pour le « BalkanStroyBank ». À dix heures, le directeur de la banque convoqua son chef de la sécurité, Boris Dimov, pour finaliser le plan visant à éliminer l'héritière et sa famille, dans l'espoir de s'emparer de l'héritage.

Pendant ce temps, dans le hall d'accueil de la banque, un homme bien habillé offrit à la secrétaire une boîte de chocolats :

— Pour vous, mademoiselle, tout droit de Londres, dit-il en anglais.

La secrétaire fut enchantée, fascinée par le parfum coûteux de cet homme qu'elle supposait être un Anglais.

— Où pourrais-je trouver Monsieur Dimov ?

— Il est avec le directeur en ce moment, répondit-elle en tâtonnant dans un anglais approximatif.
Comprenant son hésitation, Roullier demanda en russe cassé:

— Quand pourrai-je le voir ?

— Dans environ trente minutes. Si vous voulez bien me laisser votre nom…

— M. Swenson. Voici ma carte, dit-il en lui tendant une fausse carte de visite.

— Peut-être un verre d'eau ou un café ? proposa la secrétaire en souriant.

— Ne vous donnez pas cette peine, mademoiselle. Je reviendrai dans une heure.

— Nous vous attendrons, M. Swenson, répondit-elle en souriant.

— Vous êtes charmante, mademoiselle…

— Snejana, répondit-elle avec un sourire prometteur.

— J'aimerais mieux vous connaître. Dans cette ville, je ne connais personne.

— Nous verrons, M. Swenson, lui répondit-elle avec une lueur dans les yeux, laissant entendre qu'il pouvait espérer davantage.
Dix minutes après le départ de Roullier, une explosion retentit dans la banque. Les journaux et les chaînes de télévision bulgares rapportèrent l'incident, suscitant une satisfaction discrète parmi la population endettée.

« Une explosion d'origine criminelle a détruit les bureaux de la "BalkanStroyBank". Parmi les victimes figurent le directeur et deux de ses adjoints. » La presse et les médias décrivaient les détails d'un règlement de comptes entre bandes rivales, au sein d'une lutte de pouvoir pour le contrôle financier. Dans la liste des victimes apparaissaient les noms de ceux qui avaient orchestré des crimes sanglants en Bulgarie depuis vingt ans.

Septembre 2013

MON ENFANCE

Déportation

Mon enfance n'a pas été aussi simple que celle de mes camarades nés dans les années d'après-guerre en URSS. Je suis né dans une famille de déportés balkars, au Kirghizistan, le 20 novembre 1955, dix ans après la fin de la Seconde Guerre mondiale. Mon père, Saoubanov Mouhamet Hassanovitch, était tatare de la région de Kazan. Ma mère, Baikhanat Aubekirovna, appartenait à une famille éclairée de Balkars, les Kaziev.

Ce fut une période difficile pour chaque famille, pour les peuples déportés et surtout pour les enfants nés en exil. Tous les hommes, balkars et tatars, avaient combattu sur les fronts de la Grande Guerre patriotique, parmi eux se trouvaient des héros de l'Union soviétique. Et pendant ce temps, derrière le dos des soldats, en seulement vingt-quatre heures, leurs parents, leurs épouses et leurs enfants furent violemment arrachés à leur terre, à leurs maisons, pour être exilés en Sibérie et en Asie centrale. Je pense que cet acte d'inhumanité envers les personnes âgées, les femmes et les enfants fut une trahison et un coup dans le dos pour les soldats et officiers – les combattants de l'armée soviétique. Oui, cette époque n'était pas seulement dure, mais très complexe et contradictoire, si bien que des erreurs ont été commises, dont les victimes étaient des gens dont les vies étaient brisées. Mais qui avait la vie facile en ces années de guerre et d'après-guerre ?

Je me souviens de mon enfance, froide et affamée. Parmi les quatre enfants de notre famille, trois ont survécu. Fatima, ma sœur aînée, est décédée en exil. Et pourtant, grâce à l'amour maternel et aux soins paternels, mes parents ont réussi à élever trois enfants. L'aîné de la famille était mon frère Ramazan. Il a quatre ans de plus que moi. Ma sœur Rahima était la cadette. Elle a deux ans de plus que moi. Et moi, Azretali, j'étais le plus jeune fils de la famille.

Survivre en exil en Sibérie et en Asie centrale, là où vivaient les peuples déportés, dire que c'était difficile serait ne rien dire. Dans la petite maison où nous vivions, il n'y avait ni lumière, ni eau, ni même un plancher en bois. Le froid montait du sol. Peut-être que cette période difficile et inconfortable n'a duré que peu de temps, ou bien toute une éternité, ou un an, un mois, une semaine… Car le temps, tantôt file à la vitesse d'un météore, tantôt, au contraire, s'étire comme une tortue. Parfois, il semble même capable de s'arrêter, figé un instant devant l'éternité. C'est ainsi que cette période d'exil m'est restée en mémoire, comme un instant figé avant l'avenir.

Lampe à pétrole

Depuis l'âge de deux ou trois ans je me souviens d'une lampe à pétrole que je divinisais je ne sais pas pourquoi, en la transformant en véritable fétiche. La lampe à pétrole est effectivement une grande invention de l'humanité. Je suis convaincu que l'inventeur de la lampe à pétrole, ce miracle divin, qui joua un rôle très important dans l'histoire de l'humanité mériterait non seulement un prix Nobel, mais aussi toutes les autres distinctions et récompenses вu monde.

Pour nous, les enfants, la lampe à pétrole n'était pas un objet banal, mais magique, celle d'Alladin. Elle était munie d'une cloche en verre pour couvrir la mèche enflammée et protéger le feu contre le vent. Cette cloche en verre non seulement protégeait la flamme contre le courant d'air, mais en même temps, elle illuminait la chambre grâce aux reflets du verre. Cette lampe était le seul et unique éclairage de notre habitation.

Dans la base de la lampe on mettait du kérosène avec de l'huile, la mèche absorbait ce mélange et s'allumait facilement avec une allumette enflammée. La lampe à pétrole était un vrai miracle, un vrai salut pour des habitants des villages lointains, des aouls de montagne, pour des bergers et les colons spéciaux résidant dans des agglomérations où l'électricité n'existait pas encore — c'est pour ça que dans ses localités il n'y avait pas de lumière.

La lumière de la lampe à pétrole faisait découvrir pour un adulte et surtout pour un enfant la réalité environnante en toute sa richesse et diversité. Je me rappelle des flammes lorsque d'un coup elles commençaient à courir d'un côté à l'autre à cause de la mèche huilée, et alors l'espace sombre de la pièce s'animait avec le feu. Dans ces moments-là on aurait pu croire que l'espace se brisait en surfaces différentes qui dansaient et vivaient d'une manière autonome, en se détachant les unes des autres.

Une langue de feu trépidant mettait en mouvement tous les effets et les objets les uns après les autres. Un petit feu de la mèche semblait jouer et s'amuser comme ça, en brisant l'espace bidimensionnel et le transformant en plans multidimensionnels avec leurs propres objets et ombres. Ce jeu vivant du feu provenant de la mèche enflammée de la lampe à pétrole transformait la réalité en monde surréaliste rempli de véritables illusions et de secrets. Parfois cela donnait l'impression que des esprits invisibles habitaient la maison et taquinaient les enfants. Tantôt, le souffle des esprits faisait danser la petite flamme, tantôt, d'un seul coup, le calme et le silence s'installaient dans la chambre…J'imagine que c'est ainsi que ces mystérieux esprits invisibles se manifestaient et aimaient faire peur aux gens.

La lumière, c'est mon premier émerveillement, le plus marquant. La lumière arrachait à l'obscurité les contours de notre habitation et des objets ménagers, offrant au monde de nouvelles couleurs. La lumière faisait braquer le regard sur la diversité du monde et l'offrait à l'homme, enrichissant l'esprit et l'âme…

Comme le soleil, la lampe à pétrole et un petit feu de mèche illuminaient notre vie, même si dans un pays étranger elle était dure, mais il s'agissait de notre propre vie et du monde dans lequel nous vivions.

J'aimais observer la petite mèche de la lampe quand elle s'allumait et illuminait la chambre sombre et froide. L'apparition de la lumière faisait disparaitre des mirages d'enfant inspirés de craintes nocturnes qui naissent dans l'esprit humain lorsqu'une obscurité s'installe. Ces craintes sont profondément enracinées dans l'âme et le subconscient humain. Les craintes prennent leur source dans les anciens temps, lorsque la vie humaine était en danger non seulement à cause de féroces carnivores mais lorsque le danger provenait aussi de gens eux-mêmes, de représentants des tribus sauvages avec lesquels des peuples paisibles étaient sans cesse confrontés. La lutte des gens pour la survie continuait tout au long de l'histoire de l'humanité. C'est peut-être pour ça que les craintes humaines sont présentes dans la conscience de l'homme depuis les temps primitifs jusqu'à nos jours, en tant qu'instinct de conservation. Pour qu'un peuple ou un individu puisse survivre dans des conditions de lutte pour la survie, il fallait être laborieux, audacieux et fort.

Depuis toujours je regardais avec adoration et fascination la lampe magique à pétrole, cette invention technique humaine, cette merveille. Enfant de deux ou de trois ans, j'aimais tourner la petite roulette de la lampe, grâce à laquelle, bien qu'avec difficulté, une mèche huilée sortait par millimètre et s'allumait tout de suite pour donner plus de lumière dans toute la chambre. La petite roulette ronde et cannelée permettait de régler l'intensité lumineuse dans la chambre. Juste une petite rotation de la roulette dans le sens des aiguilles d'une montre, et d'un seul coup la chambre s'illuminait d'une lumière éclatante. Ou inversement, une rotation de la roulette dans le sens inverse, d'un seul mouvement plongeait la chambre dans la pénombre ou l'obscurité.

Pendant les soirées d'hiver lorsque la nuit tombe tôt et le froid glacial vient sur la terre depuis l'univers, je m'accroupissais auprès de ma lampe, observant avec affection la petite mèche enflammée et en faisant une prière pour qu'elle ne s'éteigne pas, car elle offrait la lumière et une sensation de chaleur et de bien-être. La lumière émanant de la lampe représentait pour moi l'antithèse de l'obscurité, du froid nocturne et des craintes. Jusqu'à maintenant, un demi-siècle plus tard, j'éprouve une véritable affection à l'égard de la lampe à pétrole, car c'est grâce à la lumière qu'un être humain voit les visages des proches chers à son cœur, imagine l'univers, et garde le mémoire de ce dernier. Grâce à la lumière, les gens se libèrent d'un sentiment de peur qui nait dans l'âme à la tombée de la nuit.

Four rustique

Le four installé près d'un mur dans notre petite MAISON de campagne était une autre merveille de mon enfance. Je me souviens de ma mère allumant le feu, et de la chaleur provenant des braises ardentes qui se répartissait dans toute la chambre, ainsi que des odeurs d'un déjeuner ou d'un diner en préparation, offrant des avant-goûts… Je me souviens que tous les soirs nous, les enfants affamés, attendions patiemment le repas préparé par maman. Parfois maman faisait du pain de maïs odoriférant, dans un grand poêle en fonte mis sur le four et il s'agissait du meilleur pain au monde, que nous mangions avec du thé sucré. Et il n'y avait pas sur Terre de meilleur dîner que le nôtre… Certains jours il n'y avait rien d'autre que le thé et une tranche de pain de maïs ou de pain noir. Pourtant, je me rappelle cette période de mon enfance comme d'une époque heureuse…

Je me souviens du visage attentionné de maman, de ses épreuves et larmes. Ce n'est qu'en grandissant que nous arrivons à comprendre quelle douleur et malheur éprouve la mère qui, par manque des denrées, n'a pas de quoi donner à manger à ses enfants… Dans l'attente d'un diner promis qui n'était en fait pas vraiment là, nous étions parfois endormis, avec des promesses d'un repas qui devrait être prêt très bientôt…, sinon, dans l'attente d'un diner inexistant maman nous racontait d'anciennes histoires et, mine de rien, nous nous endormions. Il n'y a que le cœur de la mère et ses larmes qui savent ce que veut dire, tromper ses petits enfants affamés avec la promesse d'un diner qui n'existait pas…

Toutefois, nous bénéficiâmes parfois de véritables fêtes, lorsque maman cuisinait des pirojkis à la pomme de terre ou au choux, ou bien des « lacoumes » ou « hytchines » délicieux. Les hytchines est un très bon plat des Balkars. Les hytchines, ce sont des galettes rondes huilées, farcies d'une purée de pommes de terre mélangée avec du fromage salé du genre de brynza. C'était une véritable fête pour nous lorsque maman nous cuisinait des hytchines, ou même des pommes de terre cuites tout simplement.

Au fil du temps, de plus en plus souvent nous avons tendance à nous rappeler de notre passé, de la période d'enfance ou de jeunesse, que nous observons d'une manière de plus en plus attentionnée et rigoureuse, de toute la hauteur des années passées. Mon souvenir d'enfance le plus important est que dans notre famille nous, les enfants, étions toujours entourés d'une bonté absolue. Même si je le voulais, je ne pourrais pas me souvenir d'un mot méchant, d'une émotion négative assombrissant mon cœur, mon âme ou mon esprit d'enfant…

Les parents nous rendaient heureux d'une manière ou d'une

autre. Je me rappelle qu'avant de nous laisser sortir, maman donnait à chacun de nous une tranche de pain noir avec du beurre et du sucre dessus. J'étais fier de sortir avec cette tranche de pain, cette tartine sans malice, et bien évidemment, je la partageais avec des gosses comme moi.

Un incident se produisit un jour. En sortant dans la rue avec ma bonne tartine j'eus à peine le temps de faire quelque pas lorsqu'un grand chien gris s'approcha de moi. Il se mit débout et me coinça contre le mur avec ses pattes antérieures. Je me figeai face au chien en retenant mon souffle, et plus je levais mes bras, plus il me coinçait contre le mur et me frappait avec ces pattes. Ayant pris la tartine le chien me laissa tranquille et se sauva, content de son butin. Si seulement j'avais pu savoir ou deviner que le chien avait besoin de la tartine, je l'aurais donné à l'ami à quatre pattes, car j'aimais, j'aime et j'aimerai toujours des chiens…

C'est vrai que ce fut une époque difficile non seulement pour des gens, des animaux aussi souffraient de faim. En me rappelant de cette période dure de la famine je crois qu'aucun gâteau n'est comparable à cette tranche de pain noir avec du beurre et du sucre dessus. Sauf un « Millefeuille » peut-être, qui pourrait rivaliser avec le gout inoubliable du pain noir.

Les années passèrent et la guerre la plus effrayante dans l'histoire de l'humanité et le malheur de la déportation forcée de mon peuple s'éloignèrent dans le temps. Mais il n'existe pas de sentiment plus amer que le sentiment d'injustice. Pour nous, aussi bien les enfants que les adultes, comme pour tout le peuple soviétique, il était plus facile et léger de vivre dans le monde d'après-guerre.

Telles étaient les conditions difficiles de mon enfance. Bien évidemment, chaque peuple et chaque être humain passe son enfance, mais la mienne et celle de mon peuple se passa comme ça…Le peuple soviétique ayant affronté la guerre la plus dure et plus cruelle dans l'histoire de l'humanité, reconstituait son pays à un rythme accéléré. Chaque année, chaque mois, chaque jour, cette époque de disette s'enfonçait un peu plus dans le passé…

Les tournesols

Mes pensées me rendent parfois dans un village balkar montagneux Verkhnyaya Jemtala où les Balkars retrouvèrent leurs terres natales après leur exile de l'Asie centrale. Je me souviens d'un jardin de mon grand-père, d'un prunier et d'un pommier. Je me souviens de la couleur des prunes, je me souviens des pommes qu'on cueillait dans les arbres. Je me souviens des herbes en rosée du matin, d'une odeur inimitable de la terre de Jemtala, je me souviens un bon matin froid au ciel étoilé et scintillant, quand, après un week-end passé dans le village, nous autres, les enfants, quittâmes la maison de grand-père à 5 heures du matin pour prendre un bus nous emmenant vers la ville où on vit et fit nos études.

Je me souviens l'odeur du pain de maïs que ma grand-mère cuisinait soigneusement après la poêle fut chauffée avec du kagatch, un arbre de la forêt de Jemtala. On ne peut pas oublier une omelette de grand-mère qui nous rendit stupéfaits par le nombre d'œufs cassés. On mangea cette omelette avec du pain maison et de l'ayran ou du lait.

Quand nous grandîmes, ma sœur et moi, on se rappela souvent de cette période :

- Tu te souviens du bruit d'une rivière qui coulait près de la maison de notre grand-père ? Je me rappelle comment j'ai bu son eau glacée qui m'a fait grincer mes dents, la prenant avec mes poignées, je me souviens de la couleur de la rivière, de sa pureté, comment j'ai lavé mon visage avec de l'eau de cette rivière, ses gouttelettes brillaient et scintillaient sur mes cils au soleil. Cette sensation de vie qu'on ne peut pas exprimer avec des mots.

- Tu te rappelles notre grand-mère donnait manger des

grains de maïs jaune et du millet aux poulets et coqs, comment un beau coq doré taquinait, comment il a été fier de garder son troupeau de poulets ?

- Tu te rappelles comment les vaches quittaient la cour au petit jour, puis rentraient et trouvaient notre maison d'elles-mêmes au soir, quand la nuit tombait ? Elles s'approchaient de la porte et meuglaient longuement pour appeler la grand-mère...

Et le jardin du grand-père avec une botte de foin qui nous sembla un royaume forestier sans limites bien qu'il ne fut qu'un jardin normal.

C'est ça, les pensées et les impressions d'enfant. Tous ces souvenirs servent d'une base spirituelle de la vie humaine.

Je ne me souviens pas d'avoir eu de jouets, peut-être parce que je ne les eus jamais eus. Mais cela ne voulait pas dire que mon adolescence était moins intéressante que celles qui grandirent dans des conditions plus ou moins confortables et eurent leur enfance d'abondance pleine de jouets.

La diversité et la richesse de la vie, la connaissance de la nature et les lois tacites de la vie furent pour moi ma vraie école et mes meilleurs professeurs. Je tirai mes connaissances sur la vie dans la rue qui me remplaçai non seulement les jouets, mais également les cours d'école ratés. Au printemps, nous autres, les garçons de sept à douze ans, on s'enfuit parfois de l'école vers la rivière Baksan qui prenait sa source dans les passages de montagne et au pied de l'Elbrouz.

Une touche de printemps, des rayons chauds du soleil et une brise fraîche de printemps excitaient nos idées. Sur le courant rapide de la rivière, nous cherchions parmi le ruisseau bouillonnant une gué dans la rivière afin qu'elle ne puisse pas nous emmener plus loin dans le rapide de la rivière.

Probablement, inconsciemment, on voulut opposer nos bravade, audace et force à la puissance et au caractère de la rivière qui coulait, la force de l'homme contre la puissance de la nature, et, bien sûr, on voulut être plus courageux, plus forts que les autres garçons. On apprenait donc à passer à gué ou à nager les courants des rivières de montagne rapides. C'était rare, mais arrivait de temps en temps qu'une rivière emmenait un des garçons avec elle pour toujours.

Nous grandissions parmi des montagnes puissantes et comprenions qu'on devait être forts et courageux, et donc on se hasardait à des randonnées dangereuses dans les montagnes, on traversait, au péril de nos vies, des ponts suspendus au-dessus des abîmes, et en hiver on traversait des rivières sur une glace fragile, prudents comme tout. Rien ne put se comparer à beauté et à l'enchantement de conquête des premiers sommets!

La connaissance de la réalité n'était pas inférieure à celle de mes amis de classe qui ne firent jamais leur école buissonnière et appliquèrent leur esprit à un cours de photos après l'école ou à celui de modélisation d'avions dans la maison des pionniers.

Cette période de la vie est peut-être comparée à celle d'un poulain pour qui un monde dangereux, mais infiniment excitant s'ouvre chaque jour. Parallèlement à de belles images autour, le hasard prévoit un millier de dangers, car il y eut des cas où l'un des garçons fut tombé d'une falaise et fut tué ou périt dans les montagnes sous une avalanche ... et c'était un malheur malheureux pour les parents...

Eh oui, les années passées dans la rue me remplacèrent mes jouets. Je n'aperçus d'enfants capricieux, bien nourris, ainsi que leurs jouets que de côté. Il faut vous avouer que je n'enviai personne et jamais regrettai de ne pas les avoir, étant un enfant méfiant vis-à-vis des jouets. J'adorais le vélo, mais je ne l'eus jamais eu. Les enfants eurent de jolis tricycles neufs, ensuite ceux à deux roues, pas moi ...
Cependant, je roulais plus vite que les autres, avec plus de courage et bien mieux que ceux qui les eurent. C'était peut-être pour ça que je ne me faisais pas fait du mauvais sang, car je savais que l'on pouvait se passer des jouets, du vélo et rester quand même un vrai gamin, courageux et vivre avec sa part de risque : grimper les montagnes, prendre des sentiers pour marcher au-dessus des précipices dans les montagnes, passer des rivières rapides à gué et parfois nager vers une rive opposée le long du courant d'une rivière glacée, contournant des vagues brisées et des vortex

profonds qui pouvaient entraîner un garçon et même un adulte dans un entonnoir profond, d'où il n'était possible de s'échapper vivant que par un heureux hasard.

C'était peut-être à cause de ça que, dans ma jeunesse, je fus formé comme une personne déterminée et épris de la liberté qui se rendais compte des dangers dans la vie. Mon âme ne connaissait ni une cupidité, ni un sentiment vulgaire de possession.

Si d'un coup, quelque chose à l'âge adulte me fait penser aux jouets et à l'enfance, je pense tout de suite, pour une raison quelconque, à mes vacances de fin d'année, aux cadeaux emballés dans un papier-cadeau transparent et croustillant pleins de chocolats tels que Le Petit Chaperon Rouge, L'Ours Du Nord, L'Hirondelle ou La Mascarade et, bien sûr, les mandarines... La fête de fin d'année est perdue sans mandarines ! Je me souviens mon professeur de classe qui apporta 25 sacs-cadeaux pour la fin d'année pour les distribuer aux élevés et offrit à chacun un joli cadeau gratuit plein de choses sucrées.

J'aimais bien, le soir de réveillon, allumer des allumettes du Bengale et apercevoir dehors, dans le noir, les feux des Bengales. Parfois j'en achetais tout un paquet d'« allumettes du Bengale » pour 10 ou 12 kopecks, c'étaient de longues « allumettes » en métal recouvertes de magnésium emballées dans un papier coloré, cinq ou sept pièces dans un paquet. Puis, on attendait la nuit tomber pour allumer une allumette de fer à soi qui brûlait et jetait de belles étincelles, comme les feux d'artifice, dans tous les sens faisant penser à une fontaine hérissée. J'aimais beaucoup regarder comment elles brulaient et s'éteignaient rapidement : une après l'autre ... Toutes ces allumettes magiques s'enflammaient si rapidement pour s'éteindre aussi rapidement, et j'admirais leur fontaine de petites étoiles scintillantes.

Le Jour de l'An, c'était toujours une fête pour les enfants. Il y avait un grand arbre de Noël sur la place centrale de la ville et aussi dans toutes les écoles et toutes les maisons de la culture. Chaque famille en avait le sien chez soi. L'arbre de Noël vert chez soi ou à l'école était décoré de guirlandes, de jouets et de petites ampoules multicolores. Les arbres de Noël sentaient de bois conifère et brillaient de lumières multicolores.

Chaque seconde, des ampoules multicolores s'allumaient à tour de rôle sur l'arbre de Noël : rouges, bleues, jaunes ce qui créait une ambiance fabuleuse de Jour de l'An et celle d'une grande fête. Tous les arbres étaient décorés de figurines en verre qui représentaient des animaux et des oiseaux, des écureuils, des lapins et d'autres animaux. Sur les branches de l'arbre il y avait des globes en verre rouges, jaunes, vertes et rondes avec des paysages hivernaux du Nouvel An peints dessus, et tout en haut, il y avait une grande étoile rouge à cinq branches. Vraiment, les festivités de fin d'année étaient une vraie magie remplie de joie universelle.

Mais un jour quand j'avais dix ou onze ans, un épisode se passa qui eut pu être le dernier de ma vie. Un des jours ensoleillés d'été, ou pour être plus précis, à dix heures du matin, je suivais des gars plus âgés que moi, de treize ou quatorze ans. Ensemble ils eurent une idée risquée de se rendre dans un village kabarde voisin, à une dizaine de kilomètres de notre coron, pour faire un vol du siècle : se procurer des tournesols en provenance des champs de kolkhoze, et pas même des tournesols eux-mêmes, mais de leurs graines. C'était peut-être une aventure de plus ou une mise en épreuve de notre courage... Mais le vol restait toujours le vol, peu importe les motifs.

Une dizaine de kilomètres faite en une heure et demi - deux heures, on monta une petite pente de montagne. Et d'un coup, de manière inattendue, on fit face à un paysage absolument fabuleux : un petit lac étincelant se trouvait au milieu des immenses champs de tournesols jaunes, le lac brillait par sa surface argentée au soleil. Ce lac brillait et reflétait les rayons du soleil comme un miroir. Et autour, les champs pleins de tournesols jaunes s'étendaient à perte de vue, jusqu'à la vue dégagée. Ces champs jaunes se liaient au ciel bleu loin à l'horizon. On a eu l'impression de nous trouver sur une planète où ne poussaient que les tournesols, beaux et jaunes... Une fois le lac tranquille aperçu, on oublia le but de notre entreprise, ainsi que les tournesols. Nous tous, on fut enchanté par ce lac, cette belle perle vivante.

Guidés par une force inconnue, on se lança de la pente d'une petite montagne en bas... Au bout de quelques instants, on fut resté cloué sur la rive du lac contemplant sa surface et un petit radeau carré en bois avec une grande rame, tous fascinés. On regardait ce miracle avec un intérêt, comme si on n'avait pas devant nous un radeau en bois, mais un yacht blanc. Et pour nous, ce radeau en bois était un engin flottant plus intéressant que n'importe quel yacht. Le radeau semblait nous inciter à le tester. Et si à ce moment on n'aperçut un gardien qui courait vers nous, son fusil à la main, alors on eut continué à rester debout encore un moment tout oubliant, dont le but de notre arrivée.

Je vis ce paysage du recul : le grand champ de tournesols jaunes, le soleil plein et brûlant, le ciel bleu avec des morceaux de nuages blancs au-dessous, la merveille de lac ressemblant à un diamant au collier de tournesols d'or, les garçons au bord du lac près du radeau en bois et le gardien qui ne courait plus vers nous, mais restait immobilisé avec son fusil levé dans sa main...

Je regardais tout cela comme à travers une voile étouffante remplie d'ondes chaudes et ruisselantes de haut en bas qui rendaient l'air transparent flou et créaient des hallucinations se transformant en mirages, comme dans un désert. Toute cette image se figea pour un instant comme sur une toile pittoresque. Je saisis cette beauté terrestre et céleste surréaliste. C'était comme si j'étais dans un musée et l'admirait de côté, comme un spectateur, enchanté par un paysage...

On se trouvât sous une sorte d'hypnose général. Ce n'était que plus tard que je me rendais compte qu'à ce moment-là, on fut tous à la merci du destin et d'autres puissances invisibles qui existaient indépendamment les unes des autres. Notre stupéfaction et confusion devant le lac fut interrompue par les cris du gardien. Le gardien reprit sa course vieillarde vers nous d'un coup criant des jures et agitant son fusil. Il se trouvât à une centaine de mètres de nous, et nous, en espace d'une seconde, on s'embarqua sur le radeau et prit notre élan pour naviguer si ce barbotage dans le lac peut s'appeler une navigation.

Le radeau poussé de la berge, on se mit en fuite qui pourrait se terminer pour nous tous par une tragédie. Même si le lac était silencieux et tranquille, comme on disait, il n'y a pas de pire eau que celle qui dort... Tout à coup, on entendit un coup de feu qui perturbât le silence de la vallée. Le gardien tirât un coup de fusil. Peut-être qu'il nous visât, nous autres, les fugitifs, ou peut-être que le premier coup de feu fut en l'air, conformément au règlement d'usage des armes à feu. Le premier coup en l'air, le second à la cible... On fut envahis par une peur générée par l'instinct de conservation, car le deuxième coup pourrait nous viser et fait sur nous, les cibles vivantes.

On ne put pas comprendre pourquoi le gardien commençât à tirer ?! Après tout, nous ne fîmes rien de mal. Mais le gardien protégeait la propriété de l'État et voulut non seulement nous faire une peur bleue, mais peut-être même nous faire descendre, les transgresseurs afin de décourager une fois pour toutes l'envie d'attenter des biens d'autrui.

C'était pas si difficile que ça de faire peur aux fugitifs déjàeffrayés qui s'infiltrèrent illégalement aux plantations de tournesols, et tout cela n'serait pas si grave que ça, si on ne confrontâmes pas ce qui se passât : les garçons, terrifiés par les coups de feu, commencèrent, un par un, à sauter dans l'eau dans l'espoir de nager rapidement à l'autre bord, afin de s'échapper la poursuite ce que n'était pas possible sur ce maudit radeau en bois, car l'entreprise de nous trouver sur l'autre berge sur cet engin échouât. On n'attendit pas du tout à ce que l'idée de passer le lac sur un petit radeau, avec cinq passagers et une seule rame, fut condamné dès le début. Nous, on n'attendit pas du tout à ce que le gardien continuait notre poursuite et allait même sur nous tirer. On ne put pas prévoir un bon nombre de choses et savoir ce qui était et n'était pas possible en

réalité, parce que c'est sûrement que pour une bonne raison qu'on dit que la connaissance est une goutte, tandis que l'ignorance est un océan.
On entendit déjà que les gardiens tiraient sur les gens, tels que les braconniers, avec les cartouches de plomb ou de sel, donc on fut effrayés de plus qu'on put être descendus comme les braconniers ou perdrix. Je pense que toutes ces circonstances imprévues et la menace d'être attrapés ou abattus furent la raison pour laquelle l'impulsion fit les garçons sauter dans l'eau pour nager et atteindre rapidement la berge et s'échapper donc à la poursuite. Après tout, ce n'était pas pour rien qu'on disait que la peur donne des ailes.

Le radeau fut abandonné par les garçons sauf moi, un gamin de dix ans, qui restais debout et regardais les garçons s'éloignaient de moi vers la rive opposée. Je gardai toujours ma position verticale, cloué, car, dans mon passé, je ne fis jamais un lac à la nage dont les eaux calmes ressemblaient à un précipice. Un moment de plus, j'hésita de faire une démarche audacieuse et désespérée. Finalement, je maîtrisai ma peur et, sans penser aux conséquences de cette démarche dangereuse pour ma vie, je me fonçai dans le lac.

Il y avait une petite cinquantaine de mètres jusqu'à la rive, et ces mètres signifiaient pour moi me trouver vraiment entre la vie et la mort. Un quart de distance faite en freestyle, je sentis mes forces m'abandonnaient et le lac me prenant facilement et même doucement en murmurant : « Viens vers moi, tu es fatigué, repose-toi dans mes bras... Pourquoi, pourquoi avant je traversais les rivières si facilement, pourquoi je suis en train de couler maintenant ?! » - Je me posa cette dernière question et je commençai lentement à me plonger au fond du lac.

Si je savais à l'époque que naviguer dans une rivière, c'était pas du tout la même chose que naviguer dans un lac, dans les eaux calmes et dormantes, je ne quittais pour rien au monde la surface solide du radeau en bois, toutes les conséquences éventuelles dans ma tête... C'est une chose quand on nage dans une rivière tumultueuse, quand on n'a qu'à forcer les mains pour ramer à la rive opposée, vers un endroit ciblé, quand la rivière elle-même t'échoue sur la rive et on est un chapeau. Et c'est une chose toute différente de naviguer dans un lac calme et silencieux comme la mort. Rien ne te dépanne dans des eaux stagnantes, ni le courage, ni l'agilité, ni la force, sauf les savoir-faire de nager. Comme il s'avérât, je ne savais pas nager...

Enfin épuisé, je commençai à sombrer. C'était bizarre que je coulissasse au fond du lac mes yeux ouverts. Je me souviens bien comment je regardai le soleil à travers l'eau comme pour dire adieu à la vie. Mon regard était fixé sur le soleil, et le soleil me regardait à travers le lac trouble. Le soleil, comme s'il regardait ce qui se passait sur terre, du haut sur le garçon qui se noyait et lui tendait ses rayons... C'est justement à ce moment quand mes talons commencèrent à s'enfoncer dans une masse froide de la boue, le soleil m'appelât vers lui me tendant ses mains de sauveur. Le royaume sous-marin sombre et froid était en train d'engloutir sa victime dans ses ténèbres mortes, dans son précipice, et je ressens également un autre pouvoir, celui du Soleil, qui ne m'abandonnât pas en tête à tête avec la mort, même quand les forces me quittèrent.

Le soleil me redonnât mon énergie et, travaillant de mes mains, comme une amphibie qui émergeait des profondeurs sombres des eaux, je montais vers le soleil avec les yeux ouverts en regardant le soleil. C'était bizarre car je nageai du fond du lac quand je n'eus plus d'air ni de force.
Je me souviens bien de ces moments de joie de revoir le sauveur de soleil ... Venant à la surface de l'eau, asphyxié et respirant avidement de l'air, je m'allongeai aussitôt sur le dos, comme à l'instigation d'en haut, comme si quelqu'un venait de me le souffler... Essayant de stabiliser ma respiration, faisant des mouvements lents avec mes jambes et mes bras d'en haut en bas, je nageai sur le dos vers la berge et regardais toujours le soleil à travers les gouttes d'eau et de larmes pareilles aux diamants. Je regardais le soleil-sauveur et nageais lentement sur le dos pas si vite que ça, mais tout de même, en travaillant avec mes jambes et mes bras et me donnant du repos en même temps. Je nageais sans penser à rien.

Je regardais le soleil comme un enfant regarde sa mère, qui ne laissât pas son fils mourir…

Novembre 2024

Le petit nuage

Ç'était un usage qu'avant la rentrée, mes parents m'achetaient un nouvel uniforme scolaire, un nouveau cartable avec deux fermoirs brillants, et, bien sûr, ils espéraient que je serais bien assidu. Cet automne-là, j'alla en deuxième année.

Arrivé à l'école 15 minutes avant le premier cours, je rencontrai mon copain de classe qui flânait dans le couloir du rez-de-chaussée entre la gym et les ateliers.

- Salamtchik, Azret.

- Salam, je lui répondis en serrant la main de mon copain.

- Azret, as-tu fait tes leçons ?

- Comme ci comme ça. Je me suis souvenu de ce que le professeur a raconté l'autre jour en classe, - je répondis avec hésitation.

- On s'enfuit des cours ? Sinon, l'enseignante va nous demander de nous rendre au tableau, nous engueuler et houspiller devant toute la classe, et elle va aussi nous donner de mauvaises notes. Alors c'est mieux de nous enfuir...

- Ah, oui, tu as raison. Où allons-nous ?

- Allons monter une montagne ? On va y faire du feu, frire les patates.

- Où allons-nous trouver des patates et des allumettes ? - je demandai sérieusement.

- N'aie pas peur. Je sais qu'il y a des potagers de l'autre côté de la montagne, là, c'est plein de patates, pour les allumettes, et on va les acheter sur le chemin. Une boîte d'allumettes vaut un kopeck, donc toi et moi, je suis sûr qu'on va en trouver un centime, n'est-ce pas, - Aslan a raisonné avec confiance.

- J'en ai, vingt kopecks, - je répondis à mon copain de classe. - Mes parents m'ont donné pour le déjeuner : dix kopecks pour une boulette, sept pour un gâteau et deux kopecks pour un thé...

Sitôt dit, sitôt fait. Nous faisant une voie à travers un flux des écoliers qui entraient dans l'école, nous quittâmes notre cathédrale de science et partîmes pour une aventure qui nous tentât.

En uniformes scolaires neufs, en chemises blanches, avec des bottes neuves et cartables tous neufs à la main, on partit au-delà de la ville pour retrouver un pont suspendu installé il y a un moment près d'un téléphérique minier. Notre petite ville Tyrnyaouz était celle des miniers, construite dans les gorges de la Baksan pour la raison de l'usine minière « Molibden » qui fut importante pour notre pays, et donc la ville avait un statut spécial, était très bien approvisionnée en produits alimentaires et en articles de première nécessité.

Le pont suspendu sur la rivière Baksan était soutenu par des câbles de fer fixés de deux côtés sur des sites en béton : à la fois du côté de la ville et du côté de la montagne. Les câbles de fer furent fixés avec de très gros boulons de fer et des écrous de fer de si gros comme si destinés à des colosses de contes de fée.

Le pont était vraiment phénoménal. Il fut posé de l'autre côté de la rivière Baksan et reliait deux rives. La partie inférieure, celle de la ville, avec celle haute de la montagne, de sorte que le pont de la ville s'élevait sous un angle brusque... Ce pont, comme s'il s'élèverait de lui-même vers les rochers gigantesques, vers les hauts sommets des montagnes. Le pont était étroit. Que deux personnes pouvaient marcher le long côte à côte. Quand il faisait des vents forts, le pont se balançait et, Dieu nous en préserve, si à ce moment-là une personne se trouverait dessus... Parfois, des garçons plus âgés, les hooligans, secouaient exprès le pont pour faire peur à des « garçons efféminés » ou adultes timides. Donc, ce jour d'automne, on a été tentés par les montagnes, et donc par ce pont.

Sans trop réfléchir, on décidât de cacher nos nouveaux cartables sous des blocs de roche. Nous fûmes entraînés par les émotions et la soif d'apprendre des choses inconnues. Peut-être que chacun de nous ressentit une trouille, mais ni moi, ni Aslan ne l'admit. Il faisait beau. Des nuages blancs passaient lentement dans le ciel bleu. Parfois, figées, elles regardaient longtemps l'intrigue principale de cette journée, l'histoire de deux garçons qui séchèrent leurs cours.

L'inconnu et la soif de connaissance et d'aventure nous attirèrent. Quand il faisait clair et ensoleillé, on pouvait apercevoir, en hauteur, sur un sommet d'une montagne, un point brillant et vif. Si les nuages ne couvraient pas les sommets des montagnes et le soleil brillait dans le ciel bleu, ce point étincelait, reflétait les rayons du soleil comme s'il nous passait des signes.

- Sais-tu ce qui brille là-bas sur ce sommet ? - un jour, ma copine de classe Lena me demandât, celle avec qui on partageait la même table, quand elle aperçut que je regardais attentivement un point lumineux au sommet de la montagne à travers la fenêtre.

- Non, je ne sais pas, - je répondis.

- Il y a un monument à une fille très courageuse. Elle était une géologue, elle s'appelait Vera Flerova.

Un peu plus tard, notre professeur nous racontât comment, dans les années 1920, Mme Vera Flerova trouvât du molybdène et d'autres minéraux si nécessaires au pays dans ces montagnes. Grâce à Vera, une usine minière et notre ville minière alpine Tyrnyaouz furent construites dans cette gorge. Vera Flerova fut décédée dans ces montagnes en accomplissant son devoir professionnel de géologue. Je me souviens que je ne pus pas à ce moment-là me tenir pour ne pas demander au professeur comment elle périt.

- Au cours de travaux d'explorateurs, lorsque Vera clivait une roche pour prélever un échantillon pour étude en laboratoire, un vent violent comme un ouragan, a soufflé, Vera est tombée d'une falaise et a décédée. Plus tard, les habitants reconnaissants de la ville et les mineurs ont érigé un monument en acier inoxydable à Vera Flerova, une géologue, à ce sommet. Depuis, les rayons du soleil réfléchis par la surface du monument, faisant une sorte de phare, passaient des signes aux gens, des signes de ce qu'il faut se souvenir de la vocation suprême de l'homme dans cette vie, - l'enseignant conclut son histoire.

Mais j'allais apprendre tout cela quelques années plus tard, quand je deviendrais adulte, et à ce moment concret, après avoir surmonté un pont suspendu peu fiable, mon copain et moi, nous traversâmes une rivière orageuse et c'était la liberté nous inspirât.

- Alors, on joue aux mousquetaires, - je suggérai.

- Allons-y, et comment ?

- Je serai D'Artagnan, et toi – Aramis, - as-tu regardé un film?

- Certes, je l'ai regardé, - Aslan répondit en criant et courut de côté pour rechercher de bâtons adaptés au combat qui purent passer pour des épées.

- Attaque !

- A votre service, - je répondis en riant et agitant un long bâton fin tantôt à droite, tantôt à gauche...

Et on se laissât emporter par le jeu. Personne de nous ne suivit le temps passa.

Chauds et bien fatigués de l'escrime, on s'installa sur une pierre couverte de mousse et commença à regarder la ville, qui nous regarda de l'autre côté de la rivière et fut devant nous, comme au creux de notre main.

- C'est notre école, tu vois ?

- Et là-bas, derrière le stade, c'est notre maison...

Depuis cet endroit, on aperçut un téléphérique utilisé par les mineurs pour monter la mine et descendre à la ville après le travail. Mon père fut aussi un mineur. Parfois, il nous emmena, mon frère Roma et moi, à la mine avec lui pour nous présenter son métier dont il fut fier. Ses amis mineurs sourirent avec une approbation en voyant nos yeux enthousiastes et curieux. Avec mon père, on monta la montagne en téléphérique dans une voiture pouvant accueillir 30 personnes au minimum. La voiture s'arrêta parfois et on put voir des pierres et de la végétation sur un flanc de la montagne, des sentiers étroits faits par quelqu'un et des troupeaux de moutons...

Affamés, on alla aux potagers par un chemin connu par Aslan. Après une petite errance le long des sentiers, on trouva les potagers et les plates-bandes où la récolte de pommes de terre fut déjà récoltée, mais néanmoins nous réussîmes à trouver plusieurs tubercules de pomme de terre dans le sol émotté. Nous fîmes un feu et patientâmes que les branches ramassées brûlassent et se transformèrent en braises pour y mettre des pommes de terre. Les pommes de terre furent petites et cuites rapidement. Que ce fut délicieux!

Inutile de dire qu'au cours de la promenade, nos chemises blanches d'uniforme ont perdu de leur fraîcheur, et certains endroits ont été tachées de suie. Pour nous remettre un peu en ordre avant de rentrer chez nous, nous descendîmes à la rivière pour laver nos mains dans l'eau froide de rivière. Le chemin de retour passait par le pont suspendu.

Tenant le câble et nous déplaçant de travers sur un plancher peu fiable, gelés de peur sans regarder en bas où la rivière de montagne faisait rage, nous finalement fumes sur l'autre côté pour aller vers la ville. Il fut plus facile de descendre le pont que de monter. Mais quand nous arrivâmes à l'endroit où nous pensâmes laisser nos cartables, nous ne les trouvâmes pas.

Le temps que nous cherchions nos cartables, la nuit commença à tomber... Il n'y eut rien à faire – on dût rentrer chez nous et avouer à nos parents que nous ne fumes pas été à l'école, et en plus perdîmes nos cartables avec tous nos manuels - quelle horreur !

Nous fûmes séparés à peine pour rentrer chacun chez soi, mon copain et moi, et vîmes nos mères et ma sœur aînée Raya, qui s'occupait habituellement de moi le temps que mes parents travaillèrent, coururent vers nous. Ma sœur qui ne put pas me retrouver après les classes alla à ma rencontre, mais découvrit que je ne fus pas à l'école. Quelqu'un dit d'eut vu Aslan et moi partir vers le pont suspendu... Cela inquiéta nos parents qui comprirent les dangers de la turbulente rivière de montagne Baksan et du vieux pont suspendu et ils allèrent nous chercher.

- Azret ! Aslan ! - nos mères nous crièrent. Maman sourit et pleurât en même temps quand elle m'embrassa et me serra fort dans ses bras. Je ne compris rien, sauf une chose : ils nous cherchèrent depuis longtemps. Je m'attendais à une engueulade pour notre disparition et la perte de nos cartables, mais les mères nous serrèrent très fort seulement.

- Azretik, où est ton cartable ? - ma mère me demanda.

- Je l'ai laissé sous un gros rocher... il y avait encore un nuage. Elle est là !

Tous les adultes rirent, et ensemble nous partirent chercher nos cartables qu'on finalement retrouvâmes, et rentrèrent chez nous tout heureux.

Mai 2021

Damka

L'été 1962 attendu depuis longtemps arriva enfin. Ce matin merveilleux le temps était très chaud. Le soleil se levait insensiblement derrière les montagnes en éclairant et en réchauffant la terre et tous ses habitants par ses rayons chauds. Je ne devrais avoir mes sept ans qu'en mois de novembre, c'est pourquoi la question de mon entrée à l'école ne fut pas encore décidée. Personne ne prenait en compte ce fait que je voulais devenir l'élève de l'école primaire avec mon nouveau cartable et mon nouvel uniforme scolaire. Il existait des règles strictes d'inscription des élèves en première année d'études. C'est pourquoi je voulais plus que les autres devenir écolier, petit-octobriste, pionnier. À cause de la date de naissance j'étais « suspendu » entre le ciel et la terre, entre l'école et la rue, alors que tous les enfants de mon âge qui avaient déjà eu sept ans avant le premier septembre se préparaient à entrer à l'école primaire. Mais que faire. Comme dit le proverbe : à chacun son destin.

Nous habitions une vielle maison à deux étages située près de l'école. Ayant pris mon petit déjeuner, je sortis comme d'habitude en courant dans la rue pour trouver ma chienne et caresser mon amie à quatre pattes, lui offrir un morceau de bon pain ou une croquette. Cette collation dépendait toujours du petit déjeuner préparé par maman.

Damka était le prénom que portait notre chienne de cour habitant dans la rue en été et en hiver. Elle supportait sans plainte des pluies battantes avec des orages, le froid de l'hiver et la chaleur brûlante de l'été quelles que fussent les difficultés incombant à la chienne sans abri ! L'instinct de conservation l'aidait à survivre par un mauvais temps et se sauver de la menace la plus affreuse qui émanait du « tsar de la nature » — de l'homme. Il y avait toujours des personnes qui jetaient des pierres sur des chiens. Certaines tiraient même sur eux avec une arme à feu improvisée, avec un fusil ou un lance-pierres, comme ça, pour passer le temps. Ils tiraient tout simplement sur cible vivante pour vérifier la justesse de tir ou pour satisfaire leurs penchants humains les plus odieux. Mais les plus dangereux étaient ceux qui consacraient leur vie pour piéger et tuer des animaux. Ils arrivaient en véhicule spécial et avec des outils sophistiqués spéciaux pour arracher la liberté et la vie chez des animaux offerte à tous les êtres vivants par le Dieu Tout-Puissant. Ensuite ils tuaient des chats et chiens piégés.

Malgré toute cette cruauté qui émanait de l'homme Damka aimait les humains. Parce que parmi eux il y avait ceux qui se souciaient d'elle et partageaient leur repas avec des chats et des chiens sans abri. Elle savait être fidèle à ces humains et les aimait. Elle était attachée surtout à moi, un petit garçon qui arrivait chez elle en apportant toujours une friandise.

Ayant nourri la chienne, je m'asseyais près d'elle et je caressais sa tête avec amour, j'entourais le cou de Damka de mes bras d'enfant.

— Damka, Damka, Damka ! — j'appelais mon amie en sortant de la maison. En entendant son prénom, une voix familière, la chienne sans réfléchir une seconde, courait vers son petit ami qui avait un grand et bon cœur. Chaque rencontre de la chienne et de l'enfant fut sincèrement joyeuse. En remuant sa queue Damka mangeait avidement du pain au beurre et, en signe de reconnaissance, léchait mes paumes et doigts. La journée venait de commencer, et personne sauf le Créateur ne savait comment elle finirait pour la chienne et le garçon.

Tout à coup Tochka — Tolik, mon voisin, appelé par ce prénom dans la cour — s'approcha de moi en roulant à son nouveau vélo splendide. Il était plus âgé que moi environ de cinq ans.

— Veux-tu aller en mon vélo chez le pied de l'Elbrouz, dans la Vallée des Narzans ? On boira du narzan, et on reviendra.

— Oh ! Est-ce qu'on peut vraiment y aller ? — je demandai sans cacher mon enthousiasme, parce que le nom même « La Vallée des Narzans » me charmait.— Tu penses ! Bien sûr !

En mon vélo je peux arriver jusqu'à Naltchik[1], et non seulement jusqu'à la Vallée des Narzans ! Monte et on y va !

Je sautai vivement sur le siège arrière du vélo et criai : — Hourra ! Allez ! Venez !

Sitôt dit, sitôt fait. Nous partîmes pour un long voyage en vélo en suivant la route asphaltée étroite menant vers le pied de l'Elbrouz[2], sans penser du tout ni aux difficultés de ce voyage, ni aux dangers que cachait la seule autoroute existant allant le long de la gorge de Baksan. Tochka voulait piloter son nouveau vélo cheveux au vent. Quant à moi, je rêvais de me trouver dans l'endroit fabuleux — la Vallée des Narzans. D'après les adultes des sources d'eau minérale vive jaillissaient dans la Vallée des

[1] Capitale de la République socialiste soviétique autonome kabardino-balkare.

[2] Sommet de la crête principale du Caucase, le plus haut sommet de l'Europe (5.648 mètres).

Narzans, et chacun pouvait boire cette eau autant qu'il voulait, et de plus gratuitement.

Quand nous sortîmes sur la route ayant mis le cap sur l'amont de la gorge, je vis tout à coup Damka. Elle courrait derrière nous, quoiqu'elle se tînt à distance. Damka courrait, ensuite s'arrêtait, en flairant, puis continuait à nous suivre. De temps en

temps nous nous arrêtions près de grandes pierres pour nous reposer ensemble avec la chienne. Après une courte relâche nous continuions à suivre la route qui montait de plus en plus haut dans les montagnes. Nous passâmes déjà la rivière Tiou-tiou-sou, la cité Tchalmas et le camp alpin « Andyrtchi ». Il restait un tout petit peu pour gagner notre but.

— C'est rien, — disait Tochka. En revanche, en retournant il ne faudra pas tourner les pédales. Nous descendrons la montagne avec une grande vitesse.

La peau était brûlée par le soleil. Nos visages, jambes et bras bronzaient rapidement sous le soleil montagnard. Les bus transportant des voyageurs à Lvov nous dépassaient lentement. Leurs moteurs « toussaient », « sanglotaient » à cause de manque d'oxygène et calaient à cause de l'air raréfié des montagnes. Les touristes venus au Caucase des coins différents de l'URSS étaient assis dans les bus. À cette époque il me semblait que tous ces touristes avec leurs grands sac-à-dos lourds venaient dans les montagnes de Moscou. Avec intérêt ils regardaient par les fenêtres les hautes montagnes de Caucase, la rivière montagnarde rapide et hurlante, les petits enfants roulant sérieusement à vélo et la chienne les suivant. Les uns nous saluaient de la main, les autres souriaient amicalement.

Probablement nous étions amusants en faisant ce voyage si promptement décidé, sur fond des montagnes majestueuses et de la rivière Baksan impétueuse. J'aimais ces gens bons et souriants que je croyais intelligents. Le temps passait lentement, et nous continuions à suivre la route difficile et sinueuse en montant de plus en plus haut. Tout ce temps Damka nous suivit infatigablement. Elle courrait derrière le vélo facilement et naturellement en personnifiant la liberté et la force, en nous protégeant contre toute surprise : contre des animaux sauvages qui pouvaient surgir sur la route, et surtout elle nous protégeait contre des méchants. La chienne était responsable de nous.

Quand nous nous arrêtâmes pour la énième fois pour nous reposer, le temps changea brusquement : le ciel devint sombre, se couvrit de nuages gris, un vent violent annonçaient l'orage et l'averse, mais nous étions déjà loin de Tyrnyaouse — notre petite ville minière, loin de nos parents. Sans réfléchir longtemps Tochka fit un demi-tour pour revenir à la maison ayant oublié ses promesses et la Vallée des Narzans. Il me dit :

— Viens, vite ! Monte sur le vélo ! Il faut revenir à la ville, à la maison.

— Non ! — je répondis. Si nous attendons qu'il cesse de pleuvoir et gagnons la Vallée des Narzans, là nous pourrons nous reposer, boire de l'eau vive.

— Si tu ne viens pas avec moi maintenant, je te laisse seul et j'irai sans toi, et toi, tu peux rester ! Si tu veux, tu peux aller à pied dans ta Vallée des Narzans !

Je montai tout de suite sur le siège du vélo, car la parole d'une personne plus âgée fut toujours une loi dans nos parages, et nous allâmes grand train du haut vers le bas. Tochka tournait les pédales de toutes ses forces pour prendre de l'élan, et ensuite, nous roulions cheveux au vent environ dix kilomètres par inertie. Chaque garçon connait ces moments magnifiques, quand tu es uni avec la vitesse incroyable, avec le risque et la liberté.

Je regardai en arrière et je vis ma chienne. Elle courait à peine derrière le vélo, restant en arrière et sans comprendre, pourquoi elle avait été abandonnée contre toute attente et si perfidement sur la route, pourquoi nous nous enfuyions. En tirant la langue elle courait derrière moi, en déchirant les coussinets de ses pattes entrant en contact avec l'asphalte pendant sa course rapide.

Je regardais la chienne courant derrière nous liée avec moi par une corde invisible, mais la plus solide au monde — par l'amour. Ses yeux intelligents remplis d'angoisse exprimaient le dévouement et la fidélité. Je ne pouvais pas accepter la logique humaine, toujours pleine d'égoïsme, je ne pouvais pas accepter cette rationalité quotidienne et je criai à Tochka :

— Freine !

Mais Tochka était passionnée par la vitesse et son vélo, il ne se souciait pas ni de la chienne, ni de moi.

Sans réfléchir j'insérai un pied entre les rayons de la roue arrière. Le vélo fit un saut périlleux, et nous tombâmes sous le pouvoir de la providence. Je ne me rappelle pas cette chute. Revenu à moi je compris que j'étais étendu sur une clairière à quelques mètres de la route. Damka était assise devant moi et léchait mon visage ensanglanté. Ma jambe était bandée avec le maillot de Tochka. J'essayai de me lever, mais je tombai comme si mes deux pieds me manquaient : une douleur aiguë perça mon pied. L'ayant examiné je vis une plaie déchirée dans mon talon.

Tochka réparait son vélo. Son visage, ses mains et ses coudes étaient couverts de sang, mais sans prêter l'attention à ses écorchures et contusions il répétait sans cesse :

— C'est rien, on ira bientôt à la maison, et tout sera bien. Quant au vélo, je le réparerai, j'ai des outils et des clés à écrous.

Après l'accident nous roulions prudemment, sans nous presser. Maintenant le retour heureux était notre objectif principal. Ma jambe me causait une douleur atroce, mais d'après la tradition caucasienne l'homme ne devait pas geindre, car c'était indigne d'un vrai homme. Tous les garçons au Caucase apprenaient cette règle dès leur plus tendre enfance.

Nous revînmes dans la ville, et Tochka m'amena vers la porte de ma maison. Avec une grande difficulté je boitai jusqu'à mon appartement. Ayant ouvert la porte d'entrée j'essayai de me faufiler furtivement dans ma chambre. Mais maman m'appela à se mettre à table, car je n'avais pas déjeuné. Je pensais à cacher mon pied sous la table et de cette façon ne pas parler de l'accident. Mais ayant vu mon visage blême, maman demanda :

— Mon petit, pourquoi es-tu si pâle ? Qu'est-ce qui s'est passé ?

La vérité éclatera toujours au grand jour. Je fus contraint de montrer ma blessure aux parents. Ils appelèrent tout de suite l'ambulance, et je fus transporté à l'hôpital.

La première journée d'été finit comme ça. Mon enfance heureuse et inquiétante passa irrévocablement. J'eus encore plusieurs histoires avec ma chienne bien aimée. Mais un matin Damka n'arriva pas à mon appel. Jusqu'au coucher du soleil j'errai dans les endroits où la chienne pouvait être, je l'appelai et la cherchai, mais sans résultat. Mon cœur était serré de douleur. Ensuite j'appris qu'elle avait été tuée par des inconnus comme s'il n'y avait pas assez de place sur la Terre pour tous.

Je ne pus pas protéger Damka. Je ne pus pas changer la réalité inexorable : elle était plus forte que l'amour. Alors je compris qu'il n'était pas suffisant d'aimer, qu'il fallait défendre ses idéaux, lutter pour eux !

Qui avait raison dans cette histoire et qui non ? C'est sans importance ! Le principal que cette histoire eut lieu, elle m'arriva, quand je n'avais pas encore sept ans, quand j'avais vu pour la première fois la cruauté des humains.

Octobre 2009

À la recherche de sapins

Une histoire de la veille du Nouvel An

Dans notre petite ville nichée au cœur des montagnes, l'hiver apporte une obscurité précoce. Le soleil, à peine levé au-dessus de la ville, disparaît déjà derrière les sommets imposants. L'artère principale, bordée de modestes maisons, d'une école et d'un stade, s'étire le long de la vallée, sur les rives de la rivière Baksan. Dès quatre heures et demie, la pénombre descend sur la terre, plongeant la ville dans une obscurité discrète, enveloppée d'un froid presque cosmique.

Nulle part ailleurs on ne trouve un ciel nocturne aussi féerique que celui des montagnes. Lors des nuits de pleine lune, on a l'impression d'un lien direct entre l'homme et l'univers, entre la nature sauvage, primordiale, et une sagesse cosmique. Sur l'azur profond de la voûte céleste, les étoiles scintillent comme des éclats de diamant. On pourrait tendre la main et croire que tous les trésors du monde, toute l'immensité de l'univers, sont à portée de doigts. En contemplant cet abîme galactique, on oublie les préoccupations terrestres.

Voici la constellation du Scorpion, la Grande et la Petite Ourse, et là-bas, comme une écharpe cristalline, s'étire la Voie lactée… Si vous observez attentivement, vous verrez ce ciel étoilé tourner lentement autour des sommets enneigés, vous attirant irrésistiblement comme un gouffre mystérieux. Si les étoiles n'étaient pas disposées dans un ordre géométrique parfait, on pourrait croire que l'univers est né du chaos et qu'il y demeure. Mais les étoiles et les planètes obéissent à une loi inconnue, dictée par une Grande Intelligence, le créateur des mondes. Tel des hiéroglyphes égyptiens ou des sphinx anciens, les constellations recèlent tous les secrets de l'univers. Si seulement l'humanité avait accès à ces mystères intergalactiques, combien pourrions-nous apprendre sur le passé, le présent et l'avenir de notre planète, la Terre.

C'était en décembre 1968. La ville se préparait aux fêtes du Nouvel An. Le long des trottoirs dégagés, des amas de neige formaient des rangées impeccables. Les habitants, animés d'une humeur joyeuse, se hâtaient vers leur travail, l'école, ou la mine…
Les écoliers attendaient avec impatience les vacances d'hiver. À la Maison des pionniers, les enfants préparaient un spectacle théâtral, à l'issue duquel le Père Noël viendrait traditionnellement distribuer des cadeaux. Les paquets brillants renfermeraient sûrement des bonbons, des pommes et des mandarines marocaines…

Mais je n'étais plus un enfant. J'avais quatorze ans, j'étais un athlète connu dans la ville, champion de lutte. Mes amis, de jeunes sportifs intrépides et débrouillards, avaient eu l'idée de gagner un peu d'argent avant les fêtes. Après tout, l'argent n'est jamais de trop. Moteur du progrès, il incite à de grands ou mesquins gestes, parfois même à la trahison ou au crime, comme le dépeignent Balzac ou Dostoïevski dans leurs récits sur la société capitaliste.

Notre plan, cependant, était simple. Pour obtenir de l'argent, il nous suffisait d'aller deux ou trois fois dans les montagnes pour couper des sapins et les vendre au marché de Noël. Qui avait eu cette idée ? Je ne sais pas, mais nous étions tous d'accord pour tenter l'aventure. Notre plan était de couper les sapins discrètement, sous le couvert de la nuit, de les transporter en ville et de les cacher dans les buissons près de la rivière. Le lendemain matin, comme si de rien n'était, nous sortirions les sapins verts sur les marchés improvisés pour les vendre. Mais comme on dit, l'homme propose et Dieu dispose…

Dès que la nuit tomba, nous étions prêts à partir pour cette expédition risquée dans les montagnes, et en pleine nuit d'hiver. Nous étions sept garçons de la ville. Nous avions emporté des haches et des cordes, au cas où nous aurions à transporter deux sapins à la fois, ce qui faciliterait leur descente depuis les hauteurs.

Vers six heures du soir, alors que la ville était plongée dans l'obscurité, nous quittâmes ses limites. Comme des conspirateurs – ou mieux encore, comme une petite escouade de partisans – nous avançâmes silencieusement vers notre objectif : une montagne sombre et imposante. Elle était bien moins éclairée par la lumière de la lune et des étoiles que la montagne rocheuse et dénudée située de l'autre côté de la ville, au sud, où des cascades descendaient en tableaux pittoresques mais sans la moindre trace de forêt denses ou de sapins.

Environ quarante minutes plus tard, nous atteignîmes le pied de la montagne, livrés à la merci du destin et face à la nature primitive. Nous savions parfaitement les risques que nous encourions. Si les gardes forestiers nous attrapaient, ou pire encore, si nous tombions sur un patrouilleur ou une équipe de police, nos parents ne seraient pas seulement contraints de payer une amende : ils subiraient surtout une honte publique qui résonnerait dans toute la ville.

La montagne était faiblement éclairée par les étoiles et la lune, qui s'était rapprochée des sommets et semblait suspendue, telle une lanterne, baignant les paysages nocturnes d'une lumière argentée et mystérieuse.

Notre enseignante d'astronomie nous avait expliqué en classe que le rapprochement de la lune avec la Terre était un phénomène dangereux, porteur de risques de catastrophes naturelles comme des inondations. Et en effet, les habitants de la région avaient souvent observé que ces rapprochements lunaires coïncidaient avec des avalanches, des glissements de terrain ou des crues soudaines, détruisant arbres, routes et maisons sur leur passage.

En faisant preuve de prudence, nous empruntâmes un sentier connu pour grimper vers notre objectif. À mesure que nous gravissions la pente, nous nous rapprochions d'une petite clairière où poussaient de splendides sapins verts.

Le silence de la montagne endormie était seulement troublé par le bruit monotone de la rivière Baksan. Prenant sa source dans les glaciers éternels de l'Elbrouz, le sommet le plus haut d'Europe, elle traversait notre petite ville avant de s'élancer vers les plaines. En écoutant la rivière, on pouvait deviner l'humeur de la nature et sentir l'esprit des montagnes enneigées et des glaciers éternels.

C'est par des nuits aussi belles que celles-ci que les panthères des neiges sortent de leurs cachettes, peut-être pour admirer la beauté des étoiles et de la lune, ou peut-être pour chasser, ou encore pour se livrer à leurs jeux amoureux. Ces majestueux félins, libres et puissants, habitent les hauteurs des montagnes. Mais comme des enfants, ils aiment aussi jouer. Ce soir-là, dormaient-ils paisiblement ou quelque chose les avait-il dérangés depuis les profondeurs du cosmos ? Peut-être avaient-ils aperçu un "almasty", cet homme des neiges dont les habitants parlent parfois avec des frissons. Ou bien les esprits souterrains faisaient-ils sentir leur présence, semant l'inquiétude parmi les hommes et les bêtes?

Ces pensées nous traversaient l'esprit alors que nous avancions, retenant notre souffle, toujours plus près de notre objectif. Le ciel étoilé et la lumière de la lune nous servaient de guide. Sur le fond imposant des montagnes, notre destination paraissait proche. Mais la véritable difficulté n'était pas la distance : c'était de parvenir à notre but sans être repérés, et en faisant le moins de bruit possible.

Il nous restait encore une centaine de mètres à gravir. Mais chaque pas devenait plus ardu sous le poids de la fatigue et de la neige profonde. Nos chaussures, peu adaptées aux ascensions hivernales, rendaient notre progression pénible. Parfois, nous quittions le sentier par mégarde, nous enfonçant jusqu'à la taille dans la neige, mais rien ne pouvait nous arrêter. Nous continuions à marcher vers la clairière où poussaient les jeunes sapins.

C'était exactement le genre de situation où les garçons fanfarons aiment dire : « Je trouverais cet endroit les yeux fermés. » Et nous, en cet instant, nous étions remplis de la même assurance, murmurant avec ferveur : « Même les yeux bandés, nous atteindrons notre but. Après tout, ce sont nos montagnes, elles nous guideront», comme dans cette chanson que tout le monde connaît.
Nous avions bien préparé notre expédition. L'itinéraire avait été soigneusement choisi, et nous savions où redoubler de prudence. Ce n'était un secret pour aucun de nous que, en ces jours précédant le Nouvel An, la nature des montagnes était surveillée par des gardes, des forestiers et des patrouilles à cheval. C'est pourquoi nous avions opté pour de petites haches, afin de couper les sapins sans faire trop de bruit. Dans ces montagnes, un simple écho pouvait non seulement alerter les gardes forestiers, mais aussi déclencher une avalanche.

Pendant notre montée, une histoire me revint en mémoire. Elle s'était déroulée ici même, sur ce flanc de montagne, il y a quelques années...

EURÊKA

Un jour, à l'approche de la Journée internationale des femmes, le 8 mars, un lycéen de notre école numéro un, nommé Youri, s'était aventuré dans les montagnes à la recherche de rhododendrons. Ces magnifiques fleurs de montagne fleurissent tôt au printemps, perchées sur les hauteurs.

Peut-être voulait-il offrir à une fille un bouquet de ces fleurs rares et splendides. Mais cueillir les rhododendrons est interdit, c'est pourquoi Youri partit en quête tard le soir, tout comme nous. Alors qu'il se trouvait déjà haut dans les montagnes, une avalanche se déclencha soudainement. La vitesse d'une avalanche peut atteindre 50 mètres par seconde. Youri, bien qu'alpiniste expérimenté et courageux, n'échappa pas à la fatalité : les montagnes emportent souvent les meilleurs.

Entendant le craquement venant des entrailles du glacier, Youri tenta de se détourner du danger. Mais bientôt, le grondement de l'avalanche qui approchait se fit entendre. D'abord lente, elle accéléra inexorablement dans sa descente. Eurêka, ainsi que l'appelaient affectueusement ses amis, bondit comme un bouquetin pour s'éloigner de la trajectoire de l'avalanche…

Le lendemain, Eurêka ne rentra pas chez lui. Il trouva la mort sous la neige, ici même, près de l'endroit où nous nous trouvons. Certains disent que l'esprit du garçon demeure dans ces montagnes, avertissant les autres des dangers.

Le jour suivant, des équipes de secours, composées d'alpinistes chevronnés, partirent à sa recherche, espérant encore le retrouver vivant. Mais après deux semaines de recherches infructueuses, l'opération fut arrêtée. Seul le père d'Eurêka, chaque matin, repartait avec son équipement pour tenter de retrouver le corps de son fils. Un mois passa ainsi.

Puis un matin, alors qu'il s'apprêtait à gravir la montagne, il s'assit sur une pierre. Là, au pied de la montagne, sous une neige partiellement fondue, il aperçut l'anorak de son fils… Portant le corps de son fils dans ses bras, il descendit jusqu'à la ville. Les habitants pleuraient en voyant cette scène déchirante. Je repensai à cet accident tragique, et un sentiment de tristesse m'envahit pour ce garçon, qui avait été un ami de mon frère aîné, Ramazan. Pourtant, cette histoire n'avait rien appris aux garçons de notre ville. Ils continuaient à emprunter des sentiers dangereux, risquant leur vie. Certains cherchaient à conquérir des sommets de cinq mille mètres ou des pics rocheux escarpés, tandis que d'autres, comme nous ce soir, partaient dans les montagnes, sous le couvert de la nuit, à la recherche de rhododendrons ou de sapins.

Même ces petites expéditions nocturnes nécessitent non seulement du courage et de l'agilité, mais aussi – et surtout – de l'expérience et de la chance. Mais la vie est parfois cruelle: la chance peut tourner, les amis peuvent trahir, et le destin punir. Pourtant, nous étions déterminés, prêts pour cette aventure, animés par l'envie de gagner de l'argent.

Je ne sais pas ce qui motivait les autres, mais pour moi, ce n'étaient pas seulement les gains : c'était aussi l'envie de me prouver que j'étais aussi brave que mes camarades, parfois plus âgés, et que je n'étais pas moins fort, ni physiquement, ni moralement.

Et puis, avoir un peu d'argent, c'est agréable. Cela permet, par exemple, d'inviter une fille au cinéma, et avant le film, de l'emmener au buffet pour lui offrir un petit gâteau – une "corbeille à la crème", une délicieuse pâtisserie ressemblant à un petit panier fleuri… Quand on n'a pas d'argent, c'est une autre histoire. Mais en vérité, nous n'en avions pas tant besoin : tout ce qui comptait vraiment dans notre vie était gratuit. Les écoles et universités, les activités périscolaires, les sports, les camps d'été, les soins médicaux, les plages et les bibliothèques… Tout cela était à portée de main.

Parfois, nous allions avec les copains dans le réfectoire de la ville, "Gornyak", ou dans le meilleur café de la ville, "Vesna". Là, on nous servait comme des adultes. En tant que sportifs, nous étions nourris gratuitement trois fois par jour. Nous commandions nos plats préférés : des escalopes à la Kiev, à la Pskov, du loulé-kebab avec sauce piquante, et en dessert, nous nous régalions avec des glaces. Un repas ne coûtait pas plus d'un rouble. Nous vivions dans une époque semblable au communisme, sans même le réaliser. Mais une chose était certaine pour nous : le bonheur ne réside pas dans l'argent.

Pourtant, notre plan promettait de nous rapporter un bon pactole. Avant le Nouvel An, les habitants dépensaient volontiers entre trois et dix roubles pour un sapin. Avec cette demande, nous pouvions espérer gagner vingt, voire cinquante roubles. Avec cinquante roubles, on pouvait même s'offrir un nouveau vélo pour adulte, pas un modèle junior. Je n'avais jamais eu de vélo.

Nous avancions donc dans l'obscurité glaciale, cachés comme des voleurs, en direction des sapins sur la pente enneigée.

Enfin, nous atteignîmes une clairière bordée de sapins élégants. Chacun d'entre nous hésitait, cherchant le plus beau, comme si ces arbres n'étaient pas simplement des conifères, mais des filles, figées par le froid, attendant leur cavalier.

Nous avions convenu que chacun couperait un sapin. Mais si quelqu'un décidait d'en prendre deux, il devait se souvenir qu'il serait bien plus difficile de descendre la montagne ainsi chargé.

Reprenant notre souffle et après un court repos, nous nous préparâmes à redescendre. Notre principal objectif désormais était de transporter notre "butin" jusqu'en ville sans attirer l'attention, puis de le cacher dans les buissons denses près de la rivière. Le lendemain ou en soirée, nous pourrions sortir ces «belles au bois dormant» et les proposer aux acheteurs sur le marché de Noël.

Tout comme dans l'Antiquité, où les marchés d'esclaves se tenaient sur les places publiques pour vendre captifs et concubines, dans le monde moderne, ce sont fruits, légumes, délices variés et objets artisanaux qui trouvent preneurs.

À l'approche du Nouvel An, ces étals se parent de jouets colorés et de sapins verts.

Prêts pour la descente, nous décidâmes tout de même de revoir notre plan, car nous n'avions accompli que la moitié de notre mission. La partie la plus difficile restait à venir : éviter les patrouilles de la police, des forestiers, des gardes-chasse et même des volontaires, qui, à cette période, vérifiaient régulièrement les voitures entrant en ville pour repérer d'éventuels sapins illégalement abattus.

— Il vaut mieux monter un peu plus haut et contourner le chemin par lequel nous sommes venus, proposa Asker avec assurance. Nous avons laissé des traces dans la neige, et il est fort probable qu'ils nous attendent là-bas. En prenant de la hauteur, nous pourrons contourner notre piste et rejoindre un autre point proche de la ville.

— Je suis contre, répliqua Aslan. Pourquoi gaspiller nos forces à monter encore, juste pour redescendre ensuite ? Autant suivre notre route initiale, d'autant plus que le chemin est déjà tracé et dégagé de la neige. Ce sera plus simple, surtout avec les sapins.

— Oui, mais c'est précisément là qu'on peut tomber dans une embuscade. Si nous descendons plus bas, loin de la ville, nous pourrons observer sans être vus, fit remarquer quelqu'un.
J'essayai aussi d'exprimer mon avis, mais ma voix se perdit dans le tumulte des opinions divergentes. Sans leader pour

trancher, chacun rejetait la responsabilité sur les autres.

Après délibération, nous décidâmes, par fatigue et à cause du froid, de rentrer par le même chemin. Nous étions gelés et ne voulions pas rallonger encore notre retour. Lors de la montée et en abattant les sapins, nous avions transpiré, et maintenant nos vêtements humides se couvraient d'une croûte glacée, nous empêchant de nous réchauffer. Nos forces diminuaient, mais nous continuions à avancer.

Alors que nous n'étions plus qu'à une cinquantaine de mètres de la route, des voix étrangères se firent entendre :

— Ne les laissez pas s'échapper. Encerclez-les par la droite et par la gauche, ils seront à nous ! criait un commandant.

« S'ils nous attrapent, nos parents auront une amende, et nous serons marqués de honte à l'école… » Ces pensées m'envahirent, déclenchant une panique intérieure.

« La chasse aux loups est ouverte,
La chasse aux loups,
Aux gris prédateurs,
Aux jeunes et aux vieux… »

Les paroles de la chanson de Vladimir Vyssotski me résonnaient en tête.

Je laissai tomber mon sapin dans la neige et m'élançai rapidement dans la direction opposée à la ville. Je ne pensais qu'à moi et à une seule chose : fuir le danger imminent et éviter la disgrâce.

Finalement, j'atteignis la route à un endroit où il n'y avait personne.

— Azret, attends ! Je viens avec toi !

En me retournant, je vis Aslan accourir. Il tenait toujours son sapin, ignorant qu'il constituait une preuve matérielle de notre « crime ». C'était son choix, son risque, sa responsabilité.

« Il aurait mieux fait de le jeter », pensai-je. Mais à voix haute, je lui dis :

— La route vers la ville est probablement bloquée par des patrouilles. Nous devrions rejoindre la rivière et suivre son cours pour atteindre la ville. Les quelques kilomètres restants pourront être parcourus en vingt minutes.

Étrangement, je parlais comme si j'avais passé ma vie à fuir des poursuites. Et plus étrange encore, le silence qui nous entourait : plus de voix de nos camarades, ni de celles des poursuivants. Tout semblait suspendu, comme si hommes et esprits attendaient le dénouement.

En atteignant la rivière, nous suivîmes le rivage en direction de la ville. Nous étions convaincus qu'en nous éloignant de

la route et de son poste de contrôle, nous serions totalement en sécurité.
Il ne nous restait pas plus de deux cents mètres à parcourir jusqu'à la ville, quand, soudain, deux membres de la milice populaire avec leurs brassards rouges apparurent devant nous. Deux contre deux — c'était un rapport de force plutôt favorable, puisque nous pratiquions la lutte gréco-romaine et étions des athlètes classés. Mais l'issue de cette rencontre ne dépendait pas de nos compétences en combat ou de notre force physique. Ce qui comptait, c'était que, dans notre petite ville, tout le monde se connaît. Il nous fallait disparaître sans laisser de traces, comme des ninjas dans un film, se fondant dans l'air.

Mais, hélas, Aslan, jetant son sapin, cria :

— Azret, file ! Je vais m'occuper d'eux !
Avant que je puisse prendre une décision, je vis Aslan renverser un des miliciens en une seconde et s'attaquer au second. Aslan était plus fort qu'eux, mais cette lutte était perdue d'avance. Le résultat n'était pas dicté par la force ou le nombre, mais par la loi et l'autorité, qui n'étaient pas de notre côté.

Je laissai Aslan derrière moi. Tout ce qui m'importait, c'était de rester incognito, coûte que coûte. Rapidement, je m'éloignai du danger en direction du pont. Mon objectif était de traverser la rivière pour atteindre l'autre rive, à l'opposé de la route et de la ville. « Là-bas, il n'y aura personne », pensais-je. Mais la vie semblait me pousser dans un coin, réduisant toujours plus mon espace de manœuvre. Était-ce le destin, avec un plan bien précis pour moi ?

Arrivé sur le pont, je savourais déjà une victoire intérieure lorsque, soudain, deux cavaliers apparurent au galop. Ils se rapprochaient, menaçants, brandissant des fouets. « Au moins, ce ne sont pas des sabres », pensais-je ironiquement. On m'avait souvent raconté que les gardes forestiers fouettaient les garçons pris dans ce genre de situation.

Je tirai ma casquette sur mon front, espérant qu'elle ne tomberait pas sous les coups et qu'elle amortirait un peu la douleur. Cela me permettait aussi de dissimuler mon visage, rendant ma reconnaissance plus difficile. À cet instant, une seule pensée me traversait : me rendre ? Jamais. Mais si je restais, ils me fouetteraient comme une bête traquée. Or, je suis un être humain, pas un animal.

Au lieu de lever les bras en signe de reddition, je fis ce que ni les cavaliers ni moi-même n'aurions imaginé : je courus vers le bord du pont et me tournai vers la rivière.

L'été, je nageais presque tous les jours dans cette rivière, la considérant comme mienne, comme un totem personnel. Je jetai un dernier regard aux gardes qui approchaient avec colère, puis baissai les yeux vers les eaux calmes de la rivière, qui semblaient m'appeler. Le pont se dressait à environ cinq ou sept mètres au-dessus de l'eau. Sans perdre une seconde, je sautai là où le courant était lent, signe d'une profondeur suffisante et de moins de rochers tranchants.

La rivière glacée m'accueillit et m'entraîna rapidement. Pour la première fois de ma vie, je me retrouvais dans une situation aussi extrême. Un étrange sursaut d'énergie m'envahit, semblable à une lame d'acier. Jamais je n'envisageai un instant de mourir dans cette rivière glacée. Il me sembla même que l'eau était plus chaude que l'air glacial de la nuit.

Les cavaliers disparurent, comme s'ils s'étaient évaporés. Ils n'avaient probablement pas osé me suivre. La route longeant la rivière, pavée de pierres lisses et glissantes, était trop dangereuse pour leurs chevaux. Ou peut-être ne voulaient-ils pas risquer leur réputation. Si un garçon mourait après avoir sauté du pont pour leur échapper, ils pourraient devenir la cible d'une vendetta familiale. Dans nos montagnes, cela aurait été considéré comme une justice légitime. Quoi qu'il en soit, les gardes disparurent dans l'obscurité, loin du pont.

Mais je n'avais aucune intention de mourir dans ma rivière bien-aimée, le Baksan. À quatorze ans, j'avais encore toute ma vie devant moi. Après avoir nagé environ cent mètres dans l'obscurité, je me dirigeai vers la rive.

Par chance, je me retrouvai près des immeubles de la ville, à côté des conduites de chauffage qui apportaient eau chaude et chaleur aux appartements. En sortant de l'eau, je courus immédiatement vers un lieu connu : les tranchées où passaient les grandes tuyauteries en métal. L'hiver, nous, les garçons, nous réchauffions souvent dans ces endroits après avoir joué dans la neige et trempé nos vêtements.

Nous ouvrions les lourdes plaques en fer des trappes, qui pesaient environ vingt kilos, descendions dans les fosses en béton et refermions derrière nous. Pour ne pas nous brûler sur les tuyaux, nous disposions des planches ou des morceaux de clôtures en bois. Ces cachettes étaient aussi des lieux de curiosité : certains y apprenaient à fumer, d'autres essayaient de l'alcool ou même du cannabis. C'était une transition vers l'adolescence.

Dans le noir, je trouvai rapidement une trappe. Tout était en place pour sécher mes vêtements, me réchauffer et reprendre mes forces.

Quelques heures plus tard, je rentrai chez moi. Après un bain chaud et une tasse de thé aux framboises, je me couchai, une seule question en tête : qu'était-il arrivé à Aslan et aux autres garçons de notre équipe ?

Décembre 2022

Table des matières

LE PONT D'ASPAROUKH - 1 -

PREMIÈRE PARTIE - 1 -

Prologue - 1 -

Chapitre 1. Tatiana - 3 -

Chapitre 2. La maison familiale - 9 -

Chapitre 3. Le Consulat - 12 -

Chapitre 4. Les caprices du destin - 17 -

Épilogue - 21 -

PARTIE DEUXIÈME - 22 -

Chapitre 1. Nice. Cabinet d'avocats - 22 -

Chapitre 2. L'Exode. L'émigration - 24 -

Chapitre 3. La roulette russe - 27 -

Chapitre 4. De nos jours - 28 -

Chapitre 5. En Russie - 31 -

Chapitre 6. Une nouvelle vie - 32 -

Chapitre 7. Le complot - 35 -

Chapitre 8. La fuite - 39 -

Chapitre 9. Les poursuivants - 42 -

Chapitre 10. L'élimination - 46 -

Chapitre 11. L'attaque comme meilleure défense - 49 -

MON ENFANCE - 53 -

Déportation .... - 54 -
Lampe à pétrole .... - 56 -
Four rustique .... - 61 -
Les tournesols .... - 64 -
Le petit nuage .... - 78 -
Damka .... - 86 -
À la recherche de sapins .... - 97 -

Azretali Saubanov

Le pont d'Asparoukh

Récits et nouvelles

Rédacteur et mise en page :
Elena Saubanova
Design de couverture :
Ekaterina Saubanova
Illustrations :
Ekaterina Saubanova

Imprimé en France
ISBN 978-2-493464-03-3
Dépôt légal : 4e trimestre 2024

www.ingramcontent.com/pod-product-compliance
Lightning Source LLC
LaVergne TN
LVHW010111170826
845678LV00012B/2343

* 9 7 8 2 4 9 3 4 6 4 0 3 3 *